El joven
POE

El enigma de la carta

CUCA CANALS

El joven POE

El enigma de la carta

edebé

© Cuca Canals, 2018

© Edición: Edebé, 2018
Paseo de San Juan Bosco, 62
08017 Barcelona
edebe.com

Directora editorial: Reina Duarte
Diseño de la colección: Book & Look
Ilustraciones interiores: Cuca Canals

12.ª edición

ISBN: 978-84-683-3454-7
Depósito legal: B. 171-2018
Impreso en España / Printed in Spain

Queda terminantemente prohibido cualquier uso de esta publicación para entrenar tecnologías de inteligencia artificial (IA) generativa. El autor y el editor se reservan todos los derechos de licencia de uso de esta obra para dicho fin y para el desarrollo de modelos lingüísticos de aprendizaje automático.

Cualquier forma de reproducción, distribución, comunicación pública o transformación de esta obra solo puede ser realizada con la autorización de sus titulares, salvo excepción prevista por la ley. Diríjase a CEDRO (Centro Español de Derechos Reprográficos) si necesita fotocopiar o escanear fragmentos de esta obra (www.conlicencia.com; 91 702 19 70 / 93 272 04 45).

CARTA A LOS LECTORES QUE LEEN UNA NOVELA MÍA POR PRIMERA VEZ

Apreciado amigo o amiga:

Me llamo Edgar Allan Poe, tengo 11 años y vivo con mis padrastros en la calle Morgue de Boston, capital de Massachusetts.

Mi madre murió hace 3 años, pero mi padre está vivo, aunque esto lo averigüé hace poco. Descubrí que se había establecido en Dublín gracias a la información de un familiar lejano. Al parecer, nos abandonó tras la muerte de mi madre. Tengo 2 hermanos de sangre, Rosalie y William Henry. Los tres vivíamos juntos en un orfanato hasta que nos dieron en adopción hace un par de años y fuimos a parar a familias diferentes. Por suerte, Rosalie vive con sus padrastros a solo dos calles de mi casa. En cambio, William Henry reside en Baltimore, a 399 millas de Boston.

Mis padres adoptivos tienen otro hijo, Robert Allan, de 16 años. No lo soporto. Me odia porque cree que voy a quedarme con el dinero de sus padres. Siempre se está peleando conmigo. Yo estoy convencido de que quiere matarme.

En la escuela me llaman «el Raro», pero a mí me da igual lo que digan los demás. ¿A quién perjudico siendo como soy? ¿Acaso no somos todos un poco raros? ¿Quién no tiene alguna manía? ¿No es peor la gente que declara ser normal y siempre está incordiando a los demás? Yo creo que ser raro significa ser único. Y eso, más que un defecto, me parece una virtud.

Me encanta hacer formas geométricas con todo; con el puré de patatas hago cuadrados; con las pequeñas piedras del jardín hago triángulos y en las superficies polvorientas dibujo círculos con la yema de mi dedo índice. No soporto que los objetos estén colocados uno al lado de otro y que se toquen entre sí; por ejemplo, los cubiertos o las tizas de colores. Cuando me voy a dormir, antes de cerrar los ojos, tengo que contar hasta 13. Asimismo, soy algo supersticioso. Cada vez que voy a algún sitio en el que no he estado, tengo que formar un círculo caminando. Por las mañanas siempre salgo de la cama pisando el suelo de mi habitación con el pie derecho. ¡Si un día me equivoco, me quedo en la cama todo el día aunque tengo que inventarme que estoy enfermo porque, de lo contrario, mis padrastros no me dejarían! Durante las noches de tormenta siempre me aseguro de dormir con la tripa cubierta y la ventana bien cerrada. Lo hago desde que leí que los fantasmas te pueden robar el ombligo y devorarte sin piedad.

Otra razón para que me tilden de raro es que mi padrastro es el dueño de una funeraria, un lugar que, por cierto, visito a menudo: cada vez que se enfada conmigo me envía allí a barrer. Eso ha hecho que, además de ser un experto en limpiar suelos, ya haya visto cientos de muertos. En concreto, 491 cadáveres hasta el día de hoy. Al principio me daban un poco de miedo y repelús, pero ahora solo me provocan una respetuosa indiferencia. A veces, cuando acabo de barrer, me echo una siesta en alguno de los ataúdes vacíos y agradezco a los difuntos que no le digan nada a mi padre adoptivo. Es una de las ventajas de vivir entre muertos: no molestan a

nadie. Con la escoba me encanta hacer pequeños círculos de suciedad e imaginarme que el polvo se transforma en enormes escarabajos, cucarachas o arañas que reptan por las paredes. Son tan repugnantes que hasta los cadáveres resucitan al verlos.

Por una imposición de mi padrastro, un hombre muy pragmático, siempre visto de negro. Así, las manchas y el desgaste de mi ropa no se notan tanto y mi madrastra tiene menos trabajo conmigo. A día de hoy esta es la lista de la ropa que tengo (¡también me encanta hacer listas!).

MI ROPA

- 6 camisas de color negro
- 3 jerséis de cuello alto de color negro
- 1 chaleco de color negro
- 2 abrigos de color negro
- 2 pares de zapatos de color negro
- 3 calzones de color negro
- 6 camisetas de color negro
- 3 camisones de noche de color negro

Supongo que vestir de negro tampoco ayuda a que me vean como a un joven normal, pero no me importa porque es mi color preferido. Como la oscuridad y la noche. Me encanta adentrarme en la negrura. Cuando cierro los ojos, puedo hacer todo lo que quiero: desde imaginarme que puedo volar hasta enfrentarme a un ejército de bisontes. Sucede lo mismo que cuando escribes. Puedo inventarme mundos irreales, crear personajes maravillosos o incluso torturar a mi hermanastro Robert Allan. Por eso, cuando sea mayor, quiero ser escritor. Y, lo mejor de todo, con la imaginación puedo ver a mi difunta madre siempre que quiero. Se acerca a mí y los dos nos abrazamos.

Una vez en la clase de arte me pidieron que dibujara un plato de sopa y yo hice un rectángulo negro más o menos así:

Le dije al profesor que ahí dentro yo veía perfectamente un plato de sopa. Le pedí que utilizara la imaginación, pero, como la mayoría de los adultos, continuaba sin distinguir el plato.

Entonces concreté más el dibujo:

Hice un círculo y así conseguí que, al menos, se imaginara el plato. Eso sí, no aprobé el ejercicio porque no hubo manera de que viera la sopa.

Tengo un amuleto que, debo reconocerlo, no es muy «normal»: el ojo de un muerto que guardo en un pequeño frasco con formol. Lo robé hace tiempo de la funeraria de mi padrastro y lo llevo siempre en mi bolsillo. Además, me sirve como arma secreta de defensa. Si alguien me molesta, le aproximo el ojo y en el 99 % de los casos logro que me dejen en paz.

También tengo una mascota muy especial, un cuervo al que bauticé Neverland. ¡Es la única palabra que sabe pronunciar! La repite constantemente, así que no me costó mucho decidir el nombre. Vive en un saliente del tejado de nuestra casa y en invierno, cuando hace mucho frío, le dejo dormir en la buhardilla donde guardamos los muebles viejos. A veces me sigue a los sitios a los que voy, como si quisiera protegerme desde el cielo. Cuando me acompaña a la escuela, siempre le pido que se mantenga a una distancia prudente para que nadie sepa que Neverland y yo somos amigos. Mi hermana pequeña Rosalie es de las pocas personas que lo conoce. Mi padrastro y mi hermanastro, por supuesto, no saben ni que existe porque, si se enteraran, estoy seguro de que lo desplumarían y descuartizarían sin pensárselo dos veces.

Además de ir a la escuela, me dedico a vender sustos. Sí, vendo sustos de asustar. A cambio de una pequeña cantidad de dinero, mis clientes pueden elegir uno de los muchos que les ofrezco. ¿Que para qué sirven? Muy fácil. Para amedrentar a la persona que más deteste el cliente. Incluso he hecho un catá-

logo donde explico paso a paso cómo llevarlos a cabo. Vendo desde sustos para sobrecoger a padres crueles o a hermanos mayores aprovechados, hasta sustos para vengarse de profesores injustos o tutores despiadados.

Mi sueño es reunir el dinero necesario para que mis hermanos verdaderos y yo podamos ir a buscar a nuestro padre a Dublín, en Irlanda. Con los sustos ya había ahorrado bastante dinero y sé que ahora voy a poder ganar mucho más. Auguste Dupin, el afamado inspector de la policía de Boston, me pidió ayuda para resolver sus últimos 3 casos. Gracias a mi colaboración, en esas tres ocasiones dieron con los asesinos y, a cambio, recibí una generosa recompensa. Por eso espero poder ayudar al inspector en otros casos. El problema es que mi hermanastro Robert Allan me robó casi todo el dinero que tenía ahorrado y aún no he podido recuperarlo. No sé cómo, pero pienso hacerlo.

Y sin más demora, aquí os presento mi cuarto relato.
Espero que os lo paséis de miedo.
Muchas gracias y un gran saludo.

Edgar Allan Poe

CAPÍTULO  1

¡NOTICIAS DE MI PADRE!

Desde hacía dos meses, mi hermana Rosalie y yo íbamos al puerto de Boston a esperar la llegada de los navíos que provenían de Dublín. Eso sucedía más o menos cada 15 días. Casi todos los pasajeros eran dublineses que llegaban a Estados Unidos con intención de iniciar una nueva vida. Hombres, mujeres y también familias enteras. Incluso había niños que viajaban solos. Una gran cantidad de gente se agolpaba en el muelle para recibir a esos enormes monstruos marinos. La fauna humana que ahí se congregaba era de lo más variopinta. Viajeros, familiares, comerciantes, curiosos, vendedores de comida y algunos aprovechados que, con mucho morro, prometían grandes oportunidades.

Ese día, nuestro hermano mayor, William Henry, que había venido a Boston de visita, nos acompañó al puerto. Cada vez que íbamos, teníamos la esperanza de que alguno de esos pasajeros que estaban a punto de pisar tierra americana conociera a nuestro padre.

Nos situamos junto a la pasarela principal; el enorme navío estaba a punto de anclar. La gente gritaba alborozada. Había quien ondeaba sus pañuelos para darles la bienvenida; otros lloraban emocionados. Rosalie se subió a los hombros de William Henry para poder atisbar a los pasajeros que pronto abandonarían el barco. Entre sus manos sujetaba un cartel con un retrato a carboncillo de mi padre. Ese dibujo lo había hecho un joven agente de la Jefatura de Policía con un sistema inventado por el inspector Dupin para identificar sospechosos. Consiste en hacer el retrato del presunto delincuente atendiendo a los datos obtenidos: edad, sexo, estructura de la cabeza, ojos, cejas, tamaño de la frente, nariz... En el caso de mi padre, la descripción —por lo que habíamos oído decir de él— fue la siguiente: hombre de 40 años, rostro ovalado, pelo negro y con melena generosa, ojos claros, cejas pobladas, barbilla afilada y nariz fina.

Mi hermana alzó el cartel con el dibujo en dirección a la pasarela por la que empezaban a desfilar los pasajeros.

—¿Alguien conoce a este hombre? —repetía Rosalie a grito pelado.

Hasta el momento nadie nos había dado ninguna pista fiable, pero no perdíamos la esperanza. Mi hermana, una vez más, llamaba la atención de cuantos pasaban junto a ella. Un mujer se había detenido para escrutar el dibujo.

—Mírelo bien, señora. Mi padre es muy guapo, ¿verdad?

Entre los últimos pasajeros que abandonaron el barco se encontraba un marinero de unos cincuenta años con una barba que casi le llegaba a la cintura. Se situó junto al retrato y se lo quedó mirando embobado. Mi hermano mayor, William Henry, intervino.

—¿Sabe quién es? ¿Lo conoce? —preguntó.

El marinero asintió con la cabeza todavía pensativo. Rosalie, William Henry y yo notamos cómo nuestro corazón se aceleraba al mismo tiempo. Era la primera vez que alguien nos iba a dar una pista de nuestro padre.

—¿De verdad conoce a nuestro padre? —le pregunté excitado.

—¿De verdad conoce a nuestro padre?

Rosalie siempre repetía mis frases, como si fuera un loro.

—¿Sabe dónde vive? —preguntó William Henry.

El marinero frunció el ceño y continuó sin decir nada.

—¿Está vivo? —pregunté angustiado.

—¿Está vivo? —repitió mi hermana.

¡Estábamos de los nervios! Rosalie no aguantaba más.

—Por favor, díganos algo —suplicó con voz llorosa.

En mi cabeza se instaló el pesimismo más absoluto. ¿Acaso no se atrevía a decirnos que mi padre había fallecido?

Por fin el marinero habló.

—Creo que sí... —seguía muy dubitativo—. Me recuerda a alguien que vi en una taberna situada junto al mercado central en la ciudad de Dublín.

Los tres respiramos aliviados al pensar que nuestro padre no estaba muerto.

—¿No sabrá dónde vive? —preguntó William Henry.

Esta vez, el marinero negó con la cabeza:

—Lo siento, solo lo vi una o dos veces en la taberna.

—¿Cómo se llama la taberna? —le pregunté.

—Green Parrot —respondió tras unos segundos.

El marinero recogió su petate dispuesto a irse, pero William Henry lo detuvo.

—No se vaya, díganos qué más sabe de él, se lo ruego.

—No sé mucho más —concluyó—. Creo que le oí comentar que estaba pensando en irse al Lejano Oriente.

—¿Al Lejano Oriente? ¿A qué país del Lejano Oriente? —inquirí.

—¿A qué país del Lejano Oriente? —repitió mi hermana, inquieta.

—Ni idea —proclamó al tiempo que se separaba de nosotros—. Y debo irme. Hace un año que no veo a mi familia y tengo más de cinco horas caminando hasta llegar a casa.

Rosalie, con los ojos llorosos, se acercó más al marinero y le agarró por el abrigo para retenerle.

—Por favor, díganos algo más. Queremos encontrar a nuestro padre.

—Dejadme en paz —sentenció empujando a nuestra hermana pequeña con brusquedad.

Eso sí que no. Yo no podía permitir que lastimaran a Rosalie.

—Tenga cuidado, solo es una niña pequeña —le recriminé.

William Henry me hizo una señal para que lo dejáramos marchar.

—Ya no soy una niña pequeña —me advirtió mi hermana algo ofendida por mi comentario.

El marinero se alejó sin duda molesto con nosotros por abordarle con tanta intensidad. Cuando ya se había perdido entre la multitud, decidimos ir a un lugar más tranquilo para pensar cómo aprovechar esa información. Los tres estábamos conmovidos, en especial Rosalie. Nos rodeó con sus brazos, tanto a William Henry como a mí, y los tres formamos una piña durante 9 segundos.

—Soy la persona más feliz del mundo —dijo emocionada—. ¿Os dais cuenta? Nuestro padre está vivo. ¡Vamos a ver a nuestro padre!

William Henry intervino:

—Si se va al Lejano Oriente, nunca lo encontraremos. Tenemos que viajar cuanto antes a Dublín.

Habíamos llegado a un almacén, donde decidimos descansar unos minutos. Nos sentamos sobre una de las muchas cajas de madera que ocupaban casi todo el espacio. Habíamos pasado 2 horas de pie y nos dolían los pies. Yo había llevado 12 galletas de mantequilla de las que prepara mi madre —las mejores del mundo— y decidimos comerlas ahí. Rosalie estaba muerta de hambre: devoró 5 galletas en menos de 3 minutos. Últimamente se quejaba de la nueva niñera que habían contratado sus padrastros, para atender a sus hijos adoptivos. Se llamaba Lisa Moon y apenas les daba de comer. Además, decía que siempre los estaba regañando.

—Lisa Moon es muy mala —nos dijo.

—Yo también estoy harto de vivir con mis padrastros —masculló mi hermano—. Igual ha llegado el momento de hacer realidad nuestro sueño de ir a buscar a nuestro padre. Si supierais lo solo que me encuentro en Baltimore.

Rosalie le interrumpió.

—Si el lugar al que quiere ir nuestro padre se llama Lejano Oriente, supongo que no está cerca, ¿verdad?

—Qué lista es mi hermanita —susurré.

—Efectivamente, está muy lejos —afirmó William Henry.

—¿Dónde está exactamente? —preguntó mi hermana.

Yo intervine, desanimado:

—Ese es el problema. El Lejano Oriente abarca varios países: Japón, China, India...

Lo había estudiado recientemente en clase de Geografía.

—Pero nosotros tenemos el dinero necesario para viajar muy lejos si hace falta, ¿verdad, Edgar? —dijo Rosalie señalándome con el dedo.

Yo bajé la cabeza. William Henry se situó junto a mí y me rodeó con su brazo:

—Sí, gracias a ti, con el dinero que has ganado colaborando con el inspector Dupin, podremos comprar los billetes para viajar al menos hasta Dublín. Estoy muy orgulloso de ti.

Yo no sabía dónde mirar. Pensé: «Tierra, trágame».

—Yo también te he ayudado a ganar el dinero, ¿a que sí, Edgar? —dijo Rosalie.

La verdad es que poco había hecho, aparte de acompañarme, pero ciertamente siempre estaba dispuesta a ayudarme.

—Sí —respondí con sequedad.

En esos instantes, solo podía pensar en una cosa: que ya no tenía el dinero para hacer el viaje. Mi hermanastro me lo había robado hacía un mes y yo no lo había encontrado.

—Perdonadme —proclamé compungido.

Mis dos hermanos me miraron con extrañeza.

—Lo siento. Robert Allan me lo ha robado casi todo. Solo me queda el del último caso que resolví, el del secuestro de los niños encerrados en la mansión de los horrores. Y no es suficiente para nuestro viaje.

Mis hermanos clavaron sus ojos en los míos.

—¿Qué quieres decir? —me preguntó William Henry.

Les conté que mi hermanastro me había quitado el dinero de lo que había ganado en los 2 primeros casos en los que había participado: el doble asesinato de la Calle Morgue y el caso de Mary Roget. Y también lo que había ganado vendiendo sustos. Les confesé que lo había buscado por todas partes sin ningún resultado.

—Pero si no tenemos dinero, no podremos viajar a Dublín, ni al Lejano Oriente, ni a ningún sitio —protestó mi hermana.

Y tras 6 segundos de silencio, rompió a llorar. ¡Derramó 10 enormes lágrimas!

—Yo quiero conocer a mi padre, ya no quiero vivir más con mi familia adoptiva —balbuceó.

Los padrastros de Rosalie no eran malas personas, pero eran frías como el hielo. Lo peor de todo era que ella y sus 5 hermanos adoptados vivían bajo la tiranía de Lisa Moon, la nueva niñera, una mujer

de 40 años que no dudaba en azotarlos si desobedecían. Según decía Rosalie, que a veces era más exagerada que yo, medía más de 2 metros, sus brazos parecían de hombre y era tan cuadrada que la llamaban «el Armario».

William Henry no se quejó, pero él todavía estaba más hundido por la falta de dinero para realizar el viaje. Tenía tantas razones o más que nosotros para querer abandonar a su familia adoptiva. Vivía en Baltimore y, debido a las 399 millas que nos separaban, apenas nos veíamos. Además, sus padrastros eran ancianos y no tenían hijos. Residía a las afueras de la ciudad y, como él siempre decía, su vida era más aburrida que un guiso sin sal.

Cuando oía a mis hermanos hablar de sus familias, incluso me sentía afortunado. Mi padrastro y mi hermanastro eran abominables, pero mi madre adoptiva siempre me defendía. Además, preparaba las mejores galletas de mantequilla del mundo.

—Os juro que encontraré el dinero —proclamé al ver a mis desconsolados hermanos.

Iba a decirles que esa misma tarde volvería a buscarlo cuando oí que Rosalie gritaba como si hubiera visto al mismísimo diablo en persona. Y con razón. Una enorme serpiente avanzaba hacia sus piernas. El reptil se detuvo e incorporó su cabeza mostrando su interminable lengua bífida. Sus ojos negros, como dos aceitunas, eran horripilantes.

—¡Aaaaah! —berreó histérica mi hermana.

—No te muevas, Rosalie —le ordené.

—Tranquila, no pasa nada —añadió William Henry con la voz temblorosa.

Sin embargo, los 3 estábamos convencidos de que la serpiente estaba a punto de morder a nuestra hermana. Y si eso sucedía, su veneno podría matarla en segundos.

CAPÍTULO 2

DECENAS DE SERPIENTES

Cuando parecía que la serpiente iba a morder a mi hermana, oímos cómo alguien entraba en el almacén donde nos encontrábamos. El ruido de sus botas hizo que el inmenso reptil se escondiera debajo de las cajas de madera. Todavía llorosa, mi hermana se abrazó a William Henry y a mí. Las botas que acababan de entrar en el almacén pertenecían a un chico menudo y de rostro alegre. Le calculé unos 15 años. Iba acompañado de un burro pequeño que transportaba en su lomo un enorme baúl de mimbre.

—¿No habréis visto una serpiente? —nos preguntó con toda naturalidad.

Los tres asentimos, perplejos.

—Se me ha escapado de la cesta de mimbre. No sé cómo ha abierto la tapa —nos informó.

Lo miramos atónitos. ¿Por qué tenía una serpiente? El joven soltó una carcajada. Después puso su mano sobre la tapa de la cesta.

—No os asustéis —y a continuación añadió—:

La gente se queda paralizada cuando ve lo que llevo.

—¿Y qué llevas? —preguntamos con curiosidad.

—Serpientes. Pero no os preocupéis, no son venenosas.

Entonces apartó la tapa y pudimos comprobar que efectivamente en el interior de la cesta había decenas de serpientes enroscadas. ¡Y eran enormes!

—Trabajo para una empresa que utiliza el veneno de las serpientes —nos contó el chico mientras cerraba el receptáculo—. Se trata de una sustancia muy preciada porque se utiliza como regenerador capilar. Una vez que se extrae su veneno, la serpiente es inofensiva.

—¿Y qué haces con las serpientes? —preguntó William Henry.

—Cuando ya no tienen veneno, las vendo a los talleres que utilizan su piel para hacer calzado y equipaje. Por cierto, me llamo Merlin.

Tras decirle también nuestros nombres, la curiosidad me venció.

—¿Puedo tocar una serpiente? —pregunté.

—Sí, a cambio de que me ayudéis a encontrar la que se me ha perdido —respondió.

Salvo mi hermana, que continuaba horrorizada, William Henry y yo nos comprometimos a echarle un cable. Ayudamos a Merlin a buscar su serpiente. Para ello, movimos 10 cajas, una tras otra, algunas muy pesadas. Finalmente, descubrimos dónde se

encontraba. Precisamente, debajo de la caja de madera donde habíamos estado sentados. Nos quedamos asombrados por la soltura con la que Merlin la atrapó.

—El veneno de serpiente está muy bien pagado. Por eso han aparecido tantos criaderos de serpientes por toda la ciudad. Hay gente que se dedica a criarlas sin saber que son muy peligrosas.

El joven le tendió la serpiente a William Henry, quien la tomó durante unos instantes, muy tenso, y después me la pasó a mí. Yo también la sostuve entre mis brazos con mucha aprensión. Rosalie, para alejarse del peligro, se situó en el umbral de la puerta del almacén.

—Ya les han sacado el veneno, así que no hay ningún problema en tocarlas —nos garantizó Merlin.

El reptil movía su cabeza de izquierda a derecha. Su piel parecía mojada. De repente abrió su boca, mostrando unos pequeños y afilados colmillos. Muerto de miedo, le pasé a Merlin la serpiente. Todos se rieron de mi cara aterrorizada.

—Lo peligroso sería que se escapara alguna con veneno —nos comentó.

—¿Y alguna vez te ha desaparecido una serpiente venenosa? —preguntó William Henry.

—Sí, en una ocasión dos ejemplares acabaron en la habitación de unos chicos, en el extremo opuesto de la ciudad —dijo Merlin—. Por suerte no los mordieron, pero todavía me pregunto cómo pudieron atravesar Boston tan deprisa.

Finalmente Merlin la metió en la cesta y se fue.

—Gracias, chicos, a ver si nos volvemos a ver.

Instantes después, tras despedirme de mi hermano William Henry y de Rosalie, yo también abandoné el almacén y me fui corriendo a mi casa.

Durante el trayecto, me repetí a mí mismo 45 veces que tenía que encontrar el dinero que me había robado el impresentable de mi hermanastro. Me juré que, si era necesario, removería la casa entera hasta descubrir dónde estaba. Mis padrastros habían acompañado a Robert Allan al médico, con lo cual pensé que era el momento ideal para iniciar mi búsqueda. Tendría el terreno libre.

Decidí hacer un plano de búsqueda minucioso. Empezaría por su habitación y después por el resto de las estancias. Conociéndolo, era evidente que podía haberlo escondido en cualquier parte.

Esta fue la lista que escribí:

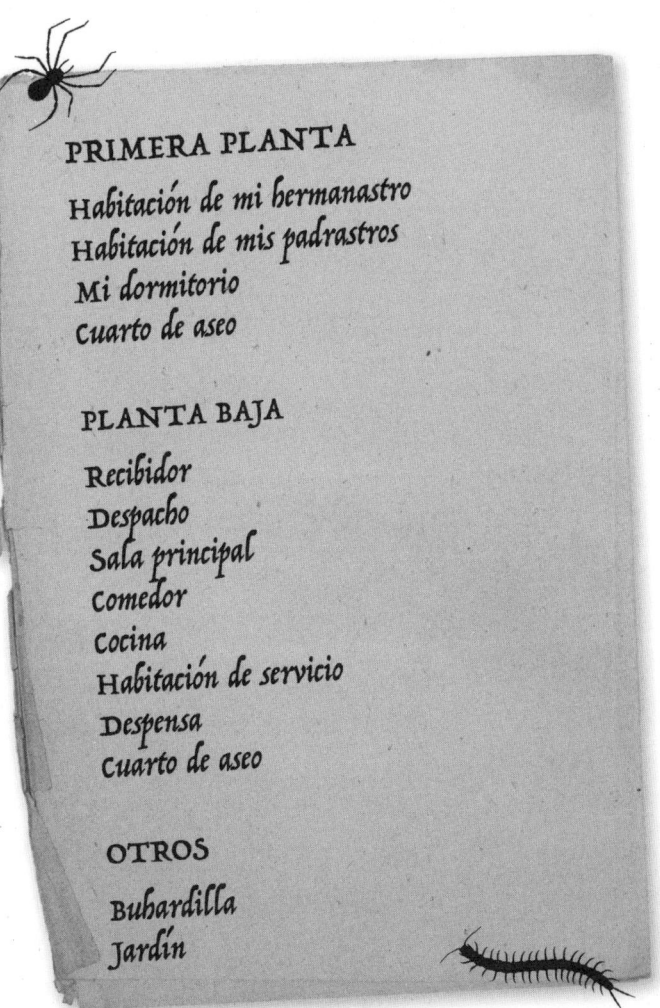

Siguiendo mi plan, en primer lugar, me dirigí al cuarto de mi hermanastro. Abrí la puerta y me tuve que tapar la nariz. Parecía una pocilga y olía a mil demonios. ¡Qué asquerosidad! Robert Allan había prohibido a su madre entrar ni siquiera para limpiar. ¡Y eso se notaba!

La habitación tenía una mesilla, una cama, un armario y un escritorio con una pequeña estantería en la parte superior inundada de papeles, hojas arrugadas, libros y otros objetos amontonados, como calcetines o cubiertos. Sobre la mesa, la ropa se mezclaba con papeles o restos de comida. Eso explicaba que el olor de la habitación fuera tan insoportable. Y al abrir los cajones del armario, uno se podía encontrar con cualquier sorpresa desagradable. ¿Qué hacía un trozo de salchichón en el segundo cajón? ¿Y la cáscara de varios piñones dentro de un calcetín? Hasta vi unos huesos de pollo. ¡Qué asco! Saqué todo lo que había en los cajones. Vaciarlo todo era la única manera de ver si mi dinero se encontraba ahí.

De repente oí un ruido. Me pareció que venía del piso de abajo. ¿Y si era alguien que había entrado en la casa? Sabía que no era mi padrastro porque, cuando cerraba la puerta, siempre se oía un sonoro golpetazo. Tampoco cabía la posibilidad de que fuera mi madrastra o mi hermanastro, pues los 3 habían salido juntos al médico. De hecho, prefería que fuera un delincuente antes que mi hermanastro. Si Robert Allan me encontraba allí, me iba a matar. Rápidamente, empecé a recolocar todo lo que había dejado esparcido en el suelo de nuevo en los cajones.

Volví a oír el extraño ruido, esta vez más cerca de mí.

De repente, tuve una terrible intuición. ¿Y si se trataba de una serpiente? Merlin, el chico que habíamos conocido en el puerto, nos había dicho que se habían dado casos de serpientes venenosas que se habían escapado.

Giré mi cabeza horrorizado. Estaba convencido de que alguien o algo iba a atacarme.

CAPÍTULO 3

ROPA INTERIOR VOLADORA

Por tercera vez oí el ruido, esta vez con más claridad. Y no provenía de detrás de mí, ni tampoco del armario. Incliné la cabeza. ¿Y si había alguien escondido debajo de la cama? Con el corazón acelerado, me puse de rodillas y me agaché sigilosamente. Descubrí que en el suelo había un montón de basura: papeles arrugados, calcetines malolientes y de nuevo restos de comida. Así pude ver, al fin, quién había venido a asustarme. No era mi hermanastro, ni ningún ladrón, ni tampoco una serpiente. Se trataba de una repugnante rata que, feliz como una perdiz, buscaba comida entre todo aquel caos. Al verme, salió huyendo pegada a la pared. Yo negué con la cabeza. Con tanta inmundicia, lo que era extraño es que no hubiera más roedores.

Me incorporé aliviado. Podía seguir buscando. De todas formas, decidí continuar mi inspección por la habitación de mis padres adoptivos. Es más grande que la de mi hermanastro, pero tiene pocos muebles. Además de la cama flanqueada por dos mesillas, hay un armario, una enorme cómoda con un espejo encima y un sillón. En la mesilla del lado de mi madre adoptiva no encontré nada salvo objetos personales, como unas medicinas, instrumentos de escritura, una Biblia o unas tijeras. Sin embargo, en el segundo cajón de la mesilla de mi padrastro descubrí una pequeña caja de madera. Sonreí satisfecho pensando que ahí podía estar mi dinero, pero me equivocaba. Al abrirla y ver lo que había en su interior casi vomito. ¡Eran dientes de oro que, sin duda, había arrancado de los muertos de la funeraria! En algunos todavía podían verse restos de sangre seca. Qué repugnante. Ahora comprendía por qué muchas veces mi padre adoptivo se ofrecía a maquillarles la cara sin permitir que nadie lo ayudara. Era para poder arrancarles los dientes de oro a los muertos sin que nadie lo supiese y después venderlos. Al menos ahí habría media docena. Asqueado, volví a colocar la caja en su sitio.

Le tocaba el turno a la cómoda. Los dos cajones inferiores estaban ocupados por ropa de mi padre bien plegada: calzones, camisas, chalecos y camisetas. Deduje que en los cajones superiores se hallaría la ropa de mi madrastra. En efecto, conté en su interior 4 blusas y 5 jerséis; y en el segundo cajón, donde estaba su ropa interior, me entretuve curioseando los corsés y las fajas que utilizaba para parecer más esbelta. No obstante, lo que realmente llamó mi atención fueron los 7 *culottes* perfectamente amontonados. Esa prenda se había puesto de moda recientemente y era como un pantalón de seda o algodón que se ponían las mujeres debajo de los vestidos. Tomé uno, asombrado por su tamaño, y lo extendí al trasluz. Fue entonces cuando Neverland, mi cuervo, se posó en el marco de la ventana. Normalmente nunca venía a visitarme a esa hora y mucho menos me buscaba en otra habitación que no fuera la mía.

—Neverland, ¿qué haces aquí? Es peligroso, pueden verte.

Yo siempre le pedía que esperara a que hubiera oscurecido. Temía que, si mi padrastro o Robert Allan lo descubrían, pondrían en peligro su vida. El cuervo graznó para saludarme y pronunció un alegre: «Neverland, Neverland».

—Venga, vete. No debe de faltar mucho para que mi familia regrese y aún tengo mucho que hacer.

Me acerqué a él y le acaricié su pequeña cabeza. Neverland parecía decidido a no moverse hasta que me di cuenta de que tenía su mirada clavada en la ropa interior de mi madre.

—¿A ti también te llama la atención, eh? Vale, te dejo mirar, pero solo 3 minutos y no más.

Para comprobar con más rapidez si mi dinero se encontraba entre la ropa, empecé a lanzarla al aire. Así, uno a uno fui sacando todos los *culottes,* dejando que volaran como nubes de colores rosados, blancos y amarillos. A Neverland le encantaba la exhibición y yo también me lo estaba pasando en grande. No podía evitar reírme.

Desgraciadamente, estaba tan absorto que no me di cuenta de que detrás de mí estaban mis padrastros y Robert Allan. Me habían pillado con las manos en la masa. O mejor dicho, con las manos en los *culottes*. Por suerte, Neverland salió por la ventana a toda prisa y no se apercibieron de su presencia. Durante 1 minuto nadie dijo nada, hasta que empezaron a oírse gritos y risas que provenían de la calle. Nos asomamos los cuatro a la ventana. Neverland planeaba en el cielo sobre los transeúntes de la calle, que señalaban hacia arriba. Estaban mirando a Neverland, no porque fuera un hermoso cuervo, sino porque sujetaba un *culotte* de color rosa en su boca como si fuera una bandera.

Me quería morir, pero al mismo tiempo me entró la risa. Entre los vecinos se encontraba la señora Grander, la sabelotodo del barrio; en mi opinión, fea como una pesadilla y, sobre todo, insoportable por lo chismosa que es. Todos la conocen como la Correveidile. Por supuesto, tanto ella como otras mujeres de edad estaban indignadas con la exhibición del cuervo y la ropa interior. En cambio, los más jóvenes se desternillaban. Finalmente Neverland dejó caer la prenda con la mala suerte de que fue a parar a la cabeza de la señora Grander. La Correveidile se puso a chillar histérica, como si le hubiera caído una maldición encima. Entre los vecinos se produjo un silencio que dio paso a una risotada general, que acompañó a la señora Grander hasta que entró en su casa despotricando.

Acabado el espectáculo, mi padrastro me miró con resentimiento. Se acercó a mí y levantó la mano. No me cabe duda de que me habría abofeteado si no llega a interponerse mi madrastra entre nosotros. Ella, que debería estar enfadada conmigo, me estaba defendiendo.

—No le pongas la mano encima. Solo es la chiquillada de un niño —le dijo a su esposo.

Este respiró profundamente, como para intentar tranquilizarse.

—Vete a tu habitación y no salgas hasta que te dé permiso —me ordenó.

Sabía que tendría que esperar unas horas más para conocer el castigo, encerrado en mi cuarto sin cenar. Suerte que, después de que mi padre adoptivo se fue a dormir, mi madrastra entró en mi habitación con una bandeja de comida. Y cuando estaba a punto de dormirme, Neverland también vino a visitarme. Se merecía una regañina por lo que había hecho con la ropa interior, pero fui incapaz. En el fondo, me había parecido una ocurrencia muy divertida.

Al día siguiente, me permitieron ir a desayunar con la familia. Robert Allan no me quitaba los ojos de encima. ¡Se reía de mí por el castigo que iba a recibir! En ese instante me imaginé que se atragantaba con las migas de la galleta que estaba devorando, pero era solo eso, una imaginación mía.

—Prepárate a recibir un buen castigo —me dijo con una sonrisa malévola mientras me ofreció el cesto de mimbre que contenía esas galletas de mantequilla que preparaba mi madre.

Tomé una. Eran irresistibles y, además, estaba hambriento.

—¡Y encima pareces tonto! —continuaba riéndose de mí como un energúmeno.

No sé por qué lo decía, pero me daba igual. En ese momento llegó mi padrastro con cara de pocos amigos.

—Eres un desgraciado y siempre lo serás —me espetó—. Irás a barrer a la funeraria. No sirves para más. Ese es tu castigo.

—¿Cuántos días? —pregunté.

—Hasta que yo lo diga, y no se hable más —concluyó.

En ese instante, como si quisiera llevarle la contraria, oímos el maullido de un gato callejero. Se

acababa de posar sobre el alféizar de la ventana del comedor. Al verlo, Robert Allan se llevó tal susto que soltó un chillido histérico. Detesta los gatos desde niño, y si es un gato negro, se muere de miedo. A mí me encantó ver cómo él también sufría, lo reconozco. Sonreí para mis adentros. Quien ríe el último ríe mejor.

Tras las clases fui a cumplir mi primer día de castigo a la funeraria. Allí estaba Rudy Gigant, el ayudante de mi padrastro. Antes de trabajar en la funeraria había estado en la cárcel, pero yo me llevaba muy bien con él. Se encargaba de preparar los cuerpos para que lucieran mejor en el velatorio. Los lavaba, los vestía y los maquillaba, aunque esta tarea solía recaer más en mi padre. Incluso se les afeitaba. Finalmente, les colocaba unos ganchos en el interior de la boca para que esbozaran una leve sonrisa. Su última sonrisa. Ese detalle era muy importante porque la publicidad de nuestra funeraria afirmaba que «nuestros muertos son los más felices del mundo».

Rudy Gigant me entregó la escoba y me pidió que barriera la sala donde estaban expuestos varios ataúdes para su venta. Como siempre que llovía, el suelo de las salas se ensuciaba más, así que esa tarde iba a tener mucho trabajo. Por suerte mi padrastro

no estaba. Reuní toda la suciedad —un montoncito tan grande como mi ojo de vidrio— y me dediqué a hacer líneas paralelas. Cuando estaba acabando de dibujar la cuarta, oí como una respiración ronca. Provenía del lugar donde se encontraban los cuatro ataúdes alineados. Quise preguntarle a Rudy Gigant si había algún cadáver en las cajas de madera, pero había aprovechado mi presencia para hacer unos recados. Me acerqué cauteloso al ataúd que estaba más a la derecha. Estaba a punto de abrirlo cuando oí de nuevo la respiración a mi izquierda. Miré hacia allá. ¿Y si era un muerto que estaba resucitando?

La tapa de ese ataúd se estaba abriendo. Me quedé paralizado, porque vi cómo por debajo de la tapa asomaba una mano, cuyos dedos trepaban hacia fuera igual que si se tratara de las patas de una araña gigantesca. ¿Quién estaba ahí dentro? ¿Acaso era un muerto viviente?

Muerto de miedo, reaccioné y salí corriendo.

CAPÍTULO 4

¡DUPIN ME LLAMA!

Acababa de salir de la sala de los cadáveres cuando oí una voz que me llamaba.

—¡Poe!

Me detuve sorprendido, porque había identificado perfectamente a quién pertenecía esa voz. Y que yo supiera, estaba vivo. ¡Se trataba de mi amigo Kevin, un joven agente de la policía! Nos conocemos desde que colaboré en la investigación de los asesinatos de la calle Morgue.

—¿Se puede saber qué haces ahí escondido? —le pregunté todavía molesto, cuando comprobé que era él quien estaba dentro del ataúd—. Me has dado un susto de muerte.

—Lo siento —se encogió de hombros.

Se incorporó al tiempo que se desperezaba.

—Fui hasta tu casa y oí decir a tu madrastra que estarías aquí esta tarde —se disculpó—. Como tardabas en venir y la ventana estaba abierta, decidí entrar y echarme una siesta. Sabía que con la tapa semicerrada nadie me vería y podría descansar en paz.

Los dos nos reímos por lo que acababa de decir Kevin. «Descansar en paz» era una frase muy adecuada para el lugar donde nos encontrábamos.

Tendiéndole mi mano, lo ayudé a salir del ataúd.

—¡Tenías razón, Edgar! ¡El ataúd forrado de terciopelo es muy confortable!

Por miedo a que mi padrastro se enterara de que colaboraba a veces con la policía, le había pedido a Dupin que, siempre que deseara llamarme o darme algún aviso, fuera discreto. ¡Pero Kevin lo llevaba al extremo!

—El inspector quiere verte mañana —me comunicó en efecto el joven agente—. Y antes de que me preguntes, no sé de qué se trata esta vez.

Luego, acarició el ataúd donde había dormido y observó los otros 3 ataúdes.

—Es una experiencia que tardaré en olvidar —afirmó—. El próximo día, probaré el ataúd de roble. Tiene pinta de ser muy confortable.

La Jefatura de Policía de Boston se encuentra exactamente a 1.850 pasos de mi casa. Como era sábado y no tenía clases, pude ir a primera hora de la mañana. Me adentré en el vestíbulo principal y saludé a Kevin tras el mostrador. Antes que nada, me preguntó si quería hacer una apuesta con él.

—Si rompes o destrozas algún esqueleto, me invitas a una merienda —me dijo.

Se refería a mi torpeza con el esqueleto humano que había en el despacho de Dupin.

—Hoy no voy a romper nada. ¡Por mis muertos! —le reté, convencido.

Después me acompañó a través del pasillo que desemboca en la puerta donde está grabado, con elegantes letras doradas, el nombre de Auguste Dupin. Me hizo pasar a su despacho y, como siempre que iba a verle, imaginé que tendría que esperarle. No me importaba. Por aquel entonces, me podía pasar horas y horas escrutando sus estanterías, repletas de todo tipo de extraños artilugios relacionados con la investigación policial. Estando allí, siempre descubro algo nuevo: armas mortíferas, retratos de delincuentes o ¡hasta el cerebro de un asesino! Dentro de las vitrinas se ordenan cientos de objetos, botes de diferentes tamaños. Y junto a la mesa, el esqueleto que tantas veces he tirado al suelo. Me alejé de él todo lo que pude y contemplé en su lugar el cerebro metido en un frasco de formol. No era una sesera cualquiera. Pertenecía a un famosísimo asesino en serie al que finalmente la policía había abatido cuando estaba a punto de acuchillar a una adolescente. Me acerqué más a ese cerebro mientras me preguntaba cómo podía esa masa de carne haber albergado tanta crueldad.

Tras 7 minutos, la puerta del despacho se abrió y Auguste Dupin me saludó afectuosamente. Dio una calada a su pipa tallada en caoba y se sentó frente a su mesa. De barba blanca y cejas muy pobladas, parecía un entrañable abuelo ¡o el mismísimo Santa Claus! Su nombre, de origen francés, se debía a que su abuelo paterno, Jacques Dupin, era parisino, aunque él había nacido en Boston unos 60 años atrás.

Yo estaba impaciente por oír el caso que me iba a proponer y, no menos importante, saber si había recompensa. Era consciente de que, si no encontraba el dinero escondido en mi casa, casi tendría que empezar de cero. Y encima, igual ya sería demasiado tarde. Si teníamos que posponer el viaje a Dublín mucho tiempo, mi padre se iría al Lejano Oriente y entonces sí que sería imposible encontrarlo.

—Se trata del gobernador... —comenzó mientras reencendía su pipa de caoba.

—¿El gobernador Ernest Huge? —pregunté.

Dupin asintió. El gobernador del estado de Massachusetts es la máxima autoridad en Boston y era muy conocido porque atesoraba una de las mayores fortunas del país. Su flota de barcos viajaba por todo el mundo en busca de productos exóticos, desde Oriente hasta los lugares más recónditos de Sudamérica.

—¿Lo han asesinado? —pregunté atónito.

Dupin no pudo evitar soltar una carcajada.

—¡Nooo! Esta vez no se trata de ningún crimen.

La verdad es que me quedé algo desilusionado, consciente de que, si no había un crimen que resolver, seguramente tampoco habría recompensa.

—Creo que solo me va a pedir consejo para un asunto... privado —declaró el inspector al tiempo que esbozaba una sonrisa—. Quiero que me acompañes. Has demostrado una gran pericia en otros casos y tal vez entre los dos podamos ayudarlo.

Escuché sonrojado a Dupin. Que hablara así de mí me llenaba de orgullo. Se levantó de la mesa.

—¿Te va bien que vayamos ahora? —me preguntó.

Asentí mientras salía del despacho tras el inspector con la satisfacción de no haber roto ni un meñique del esqueleto. Cuando pasamos por el vestíbulo principal, me acerqué al mostrador, donde Kevin continuaba su guardia.

—No he roto nada hoy, así que he ganado la apuesta —le espeté.

—Está bien, pues me tocará invitar a mí —dijo resignado.

Fuimos caminando hasta donde estaba aparcado el carruaje de Dupin, un vehículo de dos plazas conducido por un caballo. Debíamos dirigirnos a la parte sur de la ciudad, donde vivían los más ricos. El South Boston también era llamado el Barrio Verde por las impresionantes casas rodeadas de jardines que allí se habían construido; espacios verdes tan enormes y exuberantes que muchas veces no dejaban ver las casas.

La mansión del gobernador Huge era una de las más suntuosas de la ciudad, un edificio de cuatro plantas con grandes ventanales y varias casas adyacentes. Y lo más espectacular era el terreno a su alrededor, que incluía un laberinto hecho con setos de más de 2 metros de altura y un impresionante jardín exótico, donde se podían contemplar árboles traídos de todo el mundo. Una vez que se entraba en la propiedad, había que atravesar un camino rodeado de robles centenarios tan enormes que las copas se entrelazaban y ni siquiera dejaban ver el cielo; era como una especie de túnel de ramas.

Dupin aparcó su coche de caballos de la policía junto a la entrada de la mansión. Dos mayordomos, elegantemente uniformados con libreas, abrieron la puerta del carruaje, por donde salió primero Dupin. Otros 2 criados custodiaban el enorme portón de la mansión y nos invitaron a entrar en un vestíbulo repleto de obras de arte. Como era la primera vez que pisaba esa casa, tuve que dibujar un círculo con mis pasos, para extrañeza de todos. El inspector ya me había visto hacer eso, pero creo que no acababa de entender cuál era su sentido. Me dirigí a los criados para justificarme.

—Es un rito que hago cada vez que entro en un sitio nuevo.

A continuación, Dupin y yo avanzamos por un interminable pasillo con suelo de mármol, flanqueados a izquierda y derecha, sobre peanas de piedra, por diferentes animales. Algunos estaban disecados mientras que de otros se mostraban sus esqueletos. Me impresionó el tamaño colosal de animales como bisontes, gorilas u osos. Hasta vi el esqueleto de un elefante... ¡Era descomunal su envergadura! Sin embargo, me producía una gran tristeza ver esos pobres animales ahí expuestos. Yo prefería verlos vivos o, si eran peligrosos, no verlos. Había tantos que caminaba como embobado. Instantes después, mis ojos se quedaron fijos en otra bestia; se trataba de un inmenso león disecado. Parecía tan real que di unos pasos atrás. Y entonces sucedió el desastre. Sin darme cuenta, tropecé con un esqueleto de jabalí. ¡La cabeza del puerco salvaje rodó unos metros por la alfombra! Uno de los mayordomos que nos acompañaba se volvió para ver mi destrozo. ¡Por mis muertos, qué vergüenza!

Dupin soltó una carcajada y noté que los mayordomos también tuvieron que contenerse para no reírse. Me incliné para recoger la cabeza del jabalí y, con la ayuda del inspector, la encajamos en el cuerpo del mamífero.

—Lo siento, jovencito, pero me veré obligado a decírselo a Kevin —susurró el inspector en mi oreja.

Dupin tenía razón. Una vez más iba a perder la apuesta.

Un tercer sirviente, vestido con una elegante librea, nos hizo pasar a un despacho que albergaba una inmensa biblioteca. Las estanterías de libros llegaban hasta el techo. Dupin me comentó que el gobernador tenía una gran cantidad de ejemplares incunables: así se conocían los libros impresos antes de 1501. Sin embargo, a mí me llamó la atención su otra afición: una colección de globos terráqueos de todos los tamaños. Los más grandes estaban apoyados en el suelo; los más pequeños, en los diferentes estantes de la inmensa librería. Me acerqué a uno y busqué Dublín. Era un pequeño punto en el este de Irlanda. Lo acaricié con mi dedo. ¡Qué cerca de Boston estaba en ese globo! Me emocioné pensando que mi padre estaba allí. Después busqué los países del Lejano Oriente. Con tristeza comprobé que estaban en la otra punta del globo.

Bernard Miles me sacó de mi abstracción al irrumpir en la habitación. Era el jefe de seguridad del gobernador Huge, un hombre de unos cincuenta y cinco años, según le calculé, de ojos azules y pelo abundante. Dupin ya lo conocía. Habían coincidido

en la policía años atrás. Miles también había sido inspector antes de pasarse a la seguridad privada, según me había contado Dupin en nuestro trayecto en coche. En su opinión, era un buen policía, aunque hablaba demasiado, de manera pomposa, y podía ser muy cuadriculado de mente.

Nos invitó a sentarnos y nos ofreció limonada y pastas de té. Me relamí al ver esas galletas, porque eran parecidas a las de mi madrastra, pero al primer mordisco descubrí que no tenían nada que ver. Cada vez lo tenía más claro. Mi madre adoptiva hacía las mejores galletas de mantequilla del mundo. La limonada sí que era deliciosa; me tomé un vaso entero casi de un sorbo.

Bernard Miles estaba muy serio. Carraspeó y se dispuso a abordar el tema por el cual estábamos allí. Su voz era monótona.

—Se trata de un asunto aparentemente sencillo y espero que podamos resolverlo... extraoficialmente, entre nosotros, si bien se trata de un caso muy raro.

—Un caso aparentemente sencillo y raro —concluyó Dupin.

—Justamente —prosiguió Miles—. Lo que nos puede inducir a error quizá sea precisamente la sencillez del asunto.

Bernard Miles sorbía un té sin ninguna prisa y divagaba, mientras yo ya iba por el tercer vaso de limonada.

—Veamos, ¿de qué se trata? —preguntó Dupin, intentando concretar.

—Pues bien, voy a explicarme —repuso Miles—. Puedo contarlo en pocas palabras, pero antes debo advertir que el asunto exige el mayor secreto.

Bernard Miles me miró de reojo. Dupin comprendió: quería saber qué hacía yo allí.

—Mi amigo Poe es de extrema confianza y una mente muy aguda.

El jefe de seguridad asintió con la cabeza y prosiguió.

—El caso es que alguien que ocupa un altísimo puesto se dio cuenta de que cierto documento de su propiedad le había sido robado. Sabemos quién es la persona que lo ha robado y que el documento continúa en su poder.

—Está claro que cuando hablas de alguien que ocupa un altísimo puesto te refieres al gobernador —proclamó el inspector.

Dupin y yo nos miramos. Bernard retomó su discurso:

—Pues bien, dicho documento da a su poseedor cierto poder sobre dicho prohombre en cierto lugar donde dicho poder es inmensamente valioso.

Ahora comprendía por qué el inspector había dicho que Miles era poco directo en su forma de hablar. El inspector soltó una carcajada.

—Pues sigo sin entender nada. ¿No podrías hablar más claro? —le suplicó.

Miles dio otro sorbo a su taza de té:

—El documento da al poseedor del mismo un dominio sobre el altísimo personaje cuyo honor y tranquilidad se ven de tal modo amenazados.

Dupin, viendo que Miles se iba por las ramas, lo interrumpió. Estaba empezando a hartarse.

—En resumen: alguien está haciendo chantaje al gobernador. ¿Por qué no lo dices directamente, Miles?

Bernard se quedó perplejo por la audacia del inspector.

—¡Eso es lo que he dicho! Era una introducción. Ahora esperaremos al gobernador, que quiere hablar personalmente contigo.

Dupin y yo resoplamos.

Aprovechando que el gobernador todavía tardaría unos minutos en unirse a nosotros, yo pregunté dónde estaba el cuarto de aseo. Me estaba orinando después de haber tomado 4 vasos de limonada. Uno de los mayordomos me indicó que tenía que atravesar el pasillo. Fui avanzando con cuidado de no tropezar con los esqueletos ni los animales disecados que adornaban la mansión. Fue entonces cuando vi a la fiera. Me quedé impresionado por su presencia. Y porque esta vez la bestia salvaje no estaba disecada, sino que estaba viva y coleando. Y no era un animal cualquiera. Se trataba de una enorme pantera negra. ¿Qué hacía allí? A mi alrededor no había nadie. ¿Dónde estaban los mayordomos?

—Socorro —intenté gritar, pero estaba tan aterrorizado que apenas me salió un pequeño sonido.

La pantera se volvió hacia mí y abrió la boca, emitiendo un fuerte gruñido. Sus dientes eran enormes. Yo retrocedí unos pasos. Sin duda estaba a punto de atacarme.

CAPÍTULO 5

UN CADÁVER SOBRE LA NIEVE

Ahí plantado, inmóvil como una estatua, fui testigo de cómo la pantera se relamía. Sin saber qué hacer, le mostré el ojo humano que guardaba en mi pantalón, pero el felino no le prestó la menor atención. Al contrario, de su boca salió un impresionante rugido. Yo ya me veía convertido a mí mismo en unos cuantos pedazos de carne fresca que la pantera devoraría con fruición. Entonces sucedió algo sorprendente. De repente la pantera se alejó de mí.

Tras ir al lavabo (por cierto, qué maravilloso alivio sentí), regresé a la biblioteca dispuesto a contarle a Dupin que me había topado con una pantera de carne y hueso.

Uno de los criados me abrió la puerta y dentro vi de nuevo la pantera negra. Junto a ella, el gobernador Ernest Huge, un hombre elegante y carismático, de la misma edad que el inspector. Acababa de entrar en la biblioteca y por el abrazo que dio a Dupin comprendí que eran buenos amigos.

—No sabes cuánto me alegro de que estés aquí —le dijo.

A mí me miró con curiosidad, pero enseguida Dupin intervino:

—Este jovencito es Edgar Allan Poe, una de las mentes más audaces de este país. Le he pedido que me acompañe porque, según parece, este asunto precisa astucia. Es de absoluta confianza.

—Entonces, me parece muy bien —el gobernador me sonrió, y se dio cuenta de que yo no dejaba de mirar la pantera—. No te preocupes por Amalia, mi pantera. Es muy dócil y cariñosa. La traje de un viaje a África, cuando solo era un cachorro que acababa de perder a sus padres. Es como si fuera mi gatita —dijo acariciándole la cabeza.

Cuando el felino abrió la boca, yo di un ridículo salto atrás que evidenció el miedo que sentía frente a ella. Ernest Huge, Dupin y Miles se rieron.

El gobernador se acomodó en su silla —en realidad parecía un trono— tras una interminable mesa de madera noble. Se disponía a contarnos personalmente lo que había sucedido.

—Todo comenzó hace tres meses, poco antes del invierno.

Había decidido organizar una cacería de osos, en honor a Pierre Folie, un empresario parisino que iba a invertir una gran suma de dinero en construir una fábrica textil en Boston.

Yo escuchaba a Ernest Huge pensando que nunca participaría en una de esas expediciones en las que el objetivo era matar a un pobre oso. Aunque sabía que era una práctica legal y que estaba controlada, me preguntaba cómo les podía gustar a algunos matar a esas magníficas criaturas que no pueden defenderse de sus armas.

—Su inversión significaba cientos de empleos —continuó diciendo el gobernador—, por lo que me propuse tratarle bien. Sabía lo mucho que le gustaban a Pierre Folie las cacerías de grandes mamíferos y decidí ir a los Montes Apalaches. Estas montañas son las más abruptas de Nueva Inglaterra, conocidas por su rica flora y fauna, y yo ya las había visitado en un par de ocasiones.

A medida que hablaba, el rostro del gobernador se volvía más serio. Por mi parte, yo no quitaba ojo de la pantera, que se había tumbado a mi lado.

—Decidí invitar a algunos de mis colaboradores, entre ellos, a Michael Carter, asesor económico, y a Patrick Neue, asesor de asuntos ciudadanos. El empresario francés también llegó acompañado de un grupo de colaboradores. Nuestro objetivo era cazar y aprovechar para hablar de negocios. Al amanecer, ya estábamos preparados. Nos separamos para poder acorralar a alguno de los osos que merodeaban por la zona. Cuando llevábamos poco más de una hora en las montañas, tuvo lugar un desgraciado accidente. Divisé un oso en la lejanía. Destacaba sobre una primera nevada temprana. Levanté la escopeta, apunté y...

Todos nos quedamos expectantes. El gobernador se detuvo e inspiró, como si se estuviera ahogando. Me di cuenta de que sus ojos se habían humedecido.

—... Y entonces sucedió la tragedia —masculló.

El gobernador casi no podía hablar. Su boca se abrió para soltar una única palabra:

—Disparé.

Tras otro largo silencio, prosiguió.

—Corrí hacia mi presa, pero lo primero que vi fue cómo el oso huía por el estruendo de la bala. Luego, encontré a Patrick Neue, uno de mis asesores, desplomado sobre el suelo. De repente comprendí. Mi disparo lo había alcanzado a él. Me arrodillé a su lado. Estaba inmóvil, tendido sobre un charco de sangre que poco a poco iba ensanchándose. Estaba muerto. Había asesinado a Patrick Neue.

Todos nos quedamos en silencio ante el dramatismo de su historia. Ni siquiera Dupin era capaz de comentar nada. La voz del gobernador se había convertido en un hilo:

—Yo no sabía qué hacer. Me repetía una y otra vez que había sido un accidente. Hasta que alguien se acercó a mí. Se trataba de Michael

Carter, mi asesor económico. Estaba a pocos metros de donde yo me encontraba. Nos miramos unos segundos. Sin duda comprendió lo ocurrido. Desesperado, le confesé que había abatido accidentalmente a Neue. Michael Carter intentó tranquilizarme y me aconsejó que no dijera nada a nadie de lo sucedido.

De nuevo, Ernest Huge tomó aire para hablar.

—Acababa de matar a un hombre, admito que me entró miedo. Si se hacía público lo sucedido, los planes de mi carrera como político se hundirían.

Recordé haber oído que Huge aspiraba a presentarse al Congreso.

—Mi código ético se resistía a seguir la recomendación de mi asesor. Patrick era padre de tres niños y una niña. Pero fui incapaz de imponerme. Así que me dejé guiar por Michael Carter, que me convenció para que no dijera nada y dejara el asunto en sus manos.

Otro silencio.

—Y no sabéis cuántas veces me he arrepentido —concluyó.

Dupin frunció el ceño al mismo tiempo que sacaba su pipa:

—Sí, recuerdo que en el *Boston News* apareció el suceso. Simplemente se informó de una muerte accidental en una cacería en la que había participado el empresario parisino Pierre Folie. No trascendió tu participación.

El inspector escrutó al gobernador. Sin embargo, se dio cuenta de que estaba destrozado y se levantó para darle un abrazo. Hasta la pantera Amalia fue a darle ánimos. Se situó juntó a él y empezó a lamerle la mano cariñosamente.

—No diré que apruebo tu forma de actuar, pero fue un accidente. Un desgraciado accidente —sostuvo Dupin.

—Sin embargo, yo me sentí y todavía me siento culpable —le interrumpió el gobernador.

Tuvo que hacer un esfuerzo para sobreponerse.

—Michael Carter echó tierra al asunto y llevó a cabo unas gestiones para que incinerasen el cuerpo con rapidez. Era una forma de que nadie pudiese investigar el caso ni realizar la autopsia que podría determinar que la bala pertenecía a mi escopeta. Yo estaba destrozado, perdido, y pensaba que él realmente quería ayudarme. Se convirtió en mi confidente. Qué ingenuo fui.

Tras otro silencio, Ernest Huge continuó con su relato.

—Un mes después del accidente, yo continuaba muy deprimido y arrepentido, tanto que un día escribí una carta a la viuda de Patrick para pedirle perdón y ofrecerle ayuda económica para mantener a sus cuatro hijos. Necesitaba decirle cuánto sentía la muerte de su esposo y disculparme, confesarle que yo había disparado accidentalmente. Michael Carter me arrebató la carta. Tras leerla, me dijo que me incriminaba si se hacía pública, que ya era tarde para dar marcha atrás. Me la quitó y dijo que la rasgaría en mil pedazos, pero no lo hizo. Confiaba en él y... —de golpe su tono de voz se llenó de indignación—. Se la guardó para él. Me la robó.

La pantera negra regresó a mi lado. Realmente, parecía que me había tomado cariño. Se sentó junto a mí y comenzó a lamerme mi zapato. Yo me mantuve como una estatua.

—A partir de ese momento, Carter empezó a hacerme chantaje. Me ha pedido dinero en varias ocasiones. De lo contrario, mostraría la carta dirigida a la viuda de Neue donde yo reconocía que era el asesino de Patrick, su esposo.

Yo apenas podía escuchar lo que decía el gobernador. ¡La pantera ahora estaba lamiendo mi pierna! ¡Me iba a morir de un ataque al corazón!

—Por 4 veces le he pagado, pero no puedo continuar sometido a sus pretensiones. Ahora me hace chantaje con fines políticos. Me ha insinuado que le gustaría obtener el cargo de subgobernador. Y creo que su objetivo es obligarme a que dimita para convertirse en el próximo gobernador de Boston. Por ello, me veo en la necesidad de recobrar la carta.

En ese instante, uno de los criados llamó a la puerta y entró en la biblioteca segundos después. Le susurró algo al oído.

—Lo siento, me tengo que ir, se trata de un compromiso que no puedo eludir —y dirigiéndose a Bernard Miles, le ordenó—: Prosiga usted, por favor.

El gobernador se levantó de su silla. Afortunadamente para mí, la pantera negra fue tras su dueño.

Cuando nos quedamos los 3 solos, Bernard Miles volvió a tomar la palabra.

—Como veis, es evidente que la carta está en posesión de Michael Carter.

—Supongo que ha buscado ya en su casa —me atreví a hablar.

El jefe de seguridad asintió.

—Por supuesto. Lo primero que hice fue registrar cuidadosamente la vivienda del asesor económico aprovechando los momentos en que estaba vacía. Al ser soltero y un hombre desconfiado, no le gusta que el servicio viva en su residencia. He descartado que tuviera ninguna caja fuerte y he buscado en todas partes con rigurosidad. Tengo una larga experiencia en estos casos.

No pude evitar bostezar. Bernard Miles me provocaba sueño.

—Revisé íntegramente su domicilio cuarto por cuarto, dedicando horas a cada aposento. Lo más difícil ha sido evitar que Michael Carter llegara a enterarse. Se me ha prevenido para impedir que sospeche de nuestras intenciones, lo cual sería muy peligroso.

—Es decir, que has buscado en su vivienda cuando él estaba ausente —sintetizó Dupin.

—¡Naturalmente! Sus costumbres, además, me han dado una gran ventaja. Con frecuencia pasa la noche fuera de su casa. Usando una llave maestra, durante estas semanas he ido varias noches a registrar la casa de Carter. Mi honor está en juego y, en confianza, sé que el gobernador me recompensará de alguna manera.

Cuando oí la palabra «recompensa», me puse en alerta.

—¿Y no sería posible —preguntó el inspector— que el asesor económico haya escondido la carta en otra parte que no sea su casa? ¿En otro lugar?

—En mi opinión es muy poco probable —sostuvo el jefe de seguridad—. Imagino que Michael Carter desea tener siempre a mano ese documento inculpador. Ya he dicho que es un hombre sumamente desconfiado.

Dupin dio una calada a su pipa.

—Supongo que también podemos descartar que la lleve consigo. ¿Lo has investigado?

—Por supuesto —dijo Bernard Miles—. He orquestado que sea asaltado por dos veces por unos falsos salteadores de caminos y he visto personalmente cómo lo registraban. Repasé también personalmente sus pertenencias falsamente sustraídas y no he hallado ninguna carta.

Dupin meditó unos segundos y anunció:

—Yo también creo que el lugar más seguro para un individuo de esta calaña es su casa. ¿Por qué no nos das más detalles de los registros?

—Es que no he encontrado ni una pista, y eso que, como disponía del tiempo necesario, busqué en todas partes sistemáticamente. Hasta he hecho un plano.

Bernard Miles entregó el plano a Dupin y, antes de irnos, nos propuso acompañarlo a inspeccionar la casa de Michael Carter. Sabía que esa noche el asesor económico estaría ausente porque, según le había confirmado el gobernador, había una cena en la Escuela Militar a la que asistiría.

Con el plano de la casa de Bernard Miles en nuestro poder, salimos de la casa del gobernador después de haber estado allí 1 hora y 53 minutos.

Fuimos hasta el coche de caballos y Dupin se ofreció a llevarme hasta la calle de atrás de mi casa para que mis padrastros no me vieran. Durante el trayecto, me entregó el plano de la casa.

—Estúdialo y anota posibles lugares donde Carter podría haber escondido la carta. Cualquier idea que se te ocurra.

Yo lo tomé entre mis manos entre agradecido y emocionado. Para mí era un honor que alguien tan inteligente como Dupin me pidiera ayuda.

Cuando estábamos a mitad de trayecto, el caballo que arrastraba nuestro carruaje se detuvo bruscamente. Parecía alterado. Muy nervioso, levantó sus dos patas delanteras al mismo tiempo que relinchaba. A continuación, echó a correr a toda velocidad. Dupin intentó tensar las riendas, pero el caballo estaba completamente desbocado. Yo pensaba que íbamos a saltar por los aires. Nuestro carruaje se zarandeaba cada vez más; iba de un lado a otro sin ningún control. Dupin continuaba tirando de las riendas del caballo al tiempo que gritaba su nombre para intentar detenerlo. Y, entonces, al fondo del paseo, vimos un árbol caído en medio de la carretera. Estaba claro que el caballo no iba a apartarse. Yo cerré los ojos temiéndome lo peor. Estábamos a punto de estrellarnos.

CAPÍTULO 6

EL MAPA DEL TESORO

Dupin y yo nos agarramos con todas nuestras fuerzas al asiento preparados para lo peor, pero cuando faltaban pocos metros para chocar contra el tronco, el caballo inesperadamente aminoró el paso hasta detenerse.

Los dos nos abrazamos mientras intentábamos recuperar el aliento. Nos habíamos salvado de milagro. El caballo relinchó todavía aturdido. El inspector saltó del coche y yo tras él, algo mareado. Todavía perplejo por lo que había sucedido, acarició el lomo del caballo para tranquilizarlo.

—A este ejemplar lo conozco hace años y es muy tranquilo. Pertenece a la central desde que era un potro. No entiendo lo que le ha pasado —murmuró con un brillo de sospecha en la mirada.

Luego comenzó a susurrarle palabras cariñosas, hasta que notó que yo también estaba nervioso.

Se encogió de hombros e intentó justificar al equino.

—Supongo que los caballos, al igual que los humanos, de repente pueden perder los nervios. ¿No te irás a desbocar también tú? —me dijo riendo.

Efectivamente, sus palabras me relajaron y acabé soltando una carcajada nerviosa.

—Pues creo que yo también tendré que correr. Si no llego a la hora, mi padrastro es capaz de matarme.

Me acompañó a mi casa en el carruaje y el caballo se comportó con toda tranquilidad. Por suerte, llegué a tiempo para la comida, que transcurrió sin incidentes. Después, me fui a mi habitación y estuve observando el plano de la casa de Bernard Miles detenidamente hasta memorizarlo. La propiedad estaba rodeada por una terraza con suelo de piedra; enormes macetas con plantas bordeaban el terreno. Afortunadamente era una residencia de pequeñas dimensiones, adecuada para un soltero. No obstante, junto a la vivienda principal, había una pequeña construcción con dos estancias: una habitación de invitados y un aseo. En el plano estaban marcadas las diferentes dependencias de la casa: vestíbulo, 2 dormitorios, una sala que servía también de comedor, cuarto de aseo, cocina (lavadero) y un despacho. En el plano también se indicaba la ubicación de ventanas, chimeneas y muebles principales: mesas, camas y armarios.

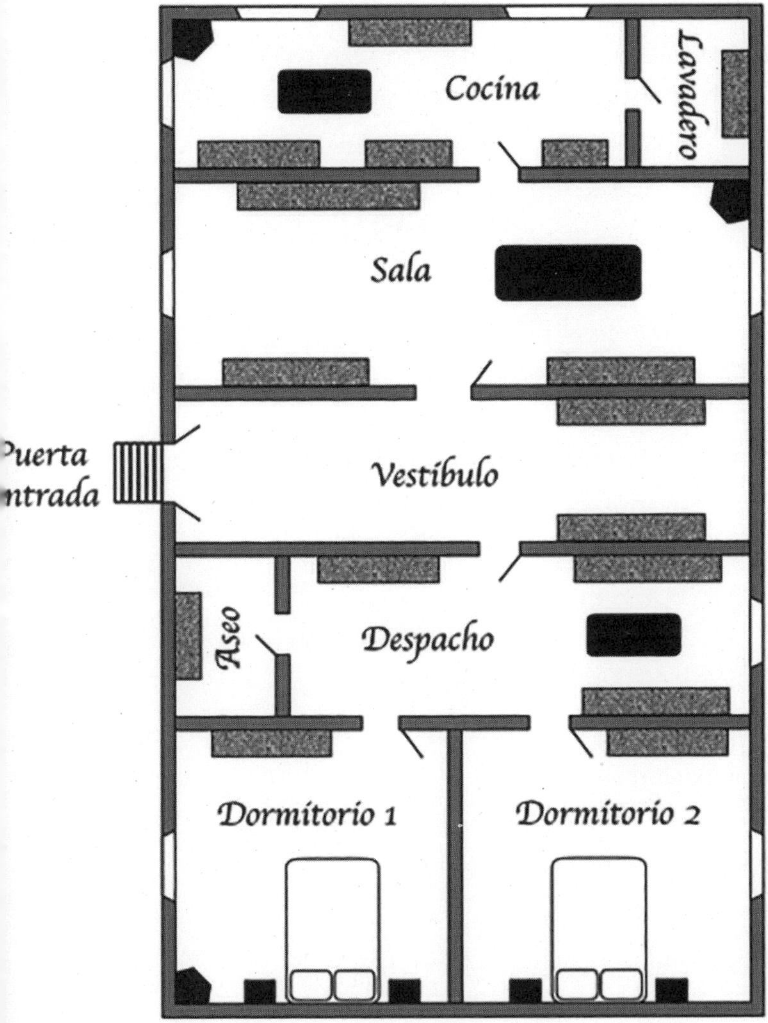

Plano Casa Michael Carter

Esa tarde mi hermana Rosalie vino a verme. Estaba malhumorada porque la niñera de su casa, Lisa Moon, continuaba haciéndoles la vida imposible a ella y a los otros niños adoptados.

—El Armario nos ha quitado las mantas de la cama esta noche, a pesar del frío que hacía.

Quería que la ayudara a darle un susto de muerte, pero le repliqué que estaba muy ocupado, si bien le prometí que esa misma semana prepararíamos uno de mis sustos para Lisa Moon.

Para animarla, le propuse buscar en el plano posibles escondites para ocultar una carta.

—¡Es como buscar un tesoro en un mapa! —declaró.

Me reí. En cierto modo tenía razón.

Rosalie me dijo que, si ella tuviera que esconder algo, lo haría en la caseta del perro.

—Si el perro mordiese, además, nadie se atrevería a buscar allá.

—No hay perro ni caseta del perro —la interrumpí.

Después empezó a decir tonterías.

—Yo la escondería en el fondo de un barreño con agua.

—La carta se estropearía —le repliqué.

—En el comedero de los cerdos.

—Es una casa, no una granja —le repliqué de nuevo.

Era inútil. Al cabo de unos segundos, ya estaba con su tema de los últimos días:

—No la soporto. ¿Sabes que incluso tengo pesadillas con Lisa?

Viendo que no podía pensar en otra cosa, decidí hacer la lista yo solo.

LISTA DE DÓNDE PODRÍA ESTAR OCULTA LA CARTA

- En los cajones de los armarios o mesas:
  a) revisar compartimentos secretos o doble fondo
  b) revisar entre la ropa (incluidos calzones y calcetines)
- Detrás de los cuadros.
- Tras el papel pintado de las habitaciones.
- En las macetas.
- En la chimenea:
  a) buscar entre la leña
  b) buscar en el tubo
- Dentro de un libro del despacho
- En un jarrón de adorno
- En frascos de la cocina:
  a) buscar entre los alimentos como el arroz o el bote de harina
  b) buscar dentro de las ollas y los cazos
- En el lavadero (entre la ropa sucia)
- En el cuarto de baño
- Entre algo asqueroso: como la basura o las verduras.

Tras la cena me fui a la cama más temprano alegando que estaba cansado. Metí en la cama un montón de ropa y con mis manos moldeé una especie de bulto con forma de cuerpo humano. Le di a mi madrastra un beso de buenas noches para que no tuviera que venir a dármelo a mi habitación.

—Hasta mañana. Me duele un poco la cabeza y voy a intentar dormir.

—Si necesitas algo, avísame.

Mi madrastra era muy atenta conmigo.

—No te preocupes, mañana estaré bien —intenté tranquilizarla.

Con mi padrastro no había problema; él nunca venía a mi cuarto a darme las buenas noches. Y por suerte Robert Allan había salido con sus amigos.

El próximo paso era escaparme para reunirme con Dupin e ir a casa de Michael Carter. Pensaba que mis padres adoptivos se quedarían un rato más en el salón y eso me dejaba la puerta de la calle libre. Por desgracia, una vecina inoportuna se presentó con un pastel de frambuesas en agradecimiento por el buen servicio funerario que había recibido su suegro. Ella y mis padrastros se encontraban en el recibidor, así que decidí irme por la puerta de la cocina. Bajé las escaleras descalzo para no hacer ruido. En el tramo final tuve que agacharme para que mis padres adoptivos no me vieran. Casi me tropiezo con una mesa auxiliar. ¡El jarrón que estaba encima por poco se cae! Repté por el suelo como una serpiente hasta la cocina. Por fin me incorporé. Rápidamente me dirigí a esa puerta trasera, pero entonces descubrí que estaba cerrada. No tenía la menor idea de dónde habría puesto la llave mi madre adoptiva y se me estaba haciendo tarde. Cómo iba a salir de ahí, me pregunté desesperado mientras escrutaba a mi alrededor y a punto de dar una patada a la puerta.

Fue entonces cuando se me ocurrió salir por el compartimento abatible colocado en la parte inferior. Lo habían construido para Bobby, un pastor alemán que había muerto años atrás. Yo no lo había conocido, pero según Robert ese perro era enorme, así que pensé que yo cabría. Me agaché y metí mi cabeza sin ningún problema. Después, el cuello y los brazos. Pero cuando estaba a la altura de mi cintura, me di cuenta de que no podía moverme. Me había quedado atascado. Sin poder avanzar ni retroceder. Y lo peor de todo era que oía cómo mis padres adoptivos estaban despidiéndose de la vecina. Eso significaba que en cualquier momento vendrían a la cocina para guardar el pastel en la despensa. Ahí atrapado, casi sin poder respirar, notaba cómo las gotas de sudor invadían mi rostro. Era consciente de que, si mi padrastro me pillaba, como poco me daría una paliza.

CAPÍTULO 7

TE VOY A MATAR

Con todas mis fuerzas, yo intentaba salir del agujero de la puerta para perros, pero continuaba sin poder avanzar ni retroceder. Y ya podía oír los pasos de mis padrastros acercándose. Volví a empujar mi cuerpo hacia fuera —casi descoyuntándome— hasta que por fin logré atravesar la pequeña puerta. ¡Por mis muertos, casi salgo disparado como una bala! ¡Y qué dolor!

Me incorporé y me alejé sigilosamente de mi casa. A pesar de la oscuridad, la noche era luminosa, pues la luna estaba prácticamente llena. A toda prisa, recorrí 345 pasos hasta ver el carruaje de la policía aparcado en la esquina de la calle Morgue. Esta vez Dupin me vino a buscar en un coche cerrado de cuatro plazas empujado por dos caballos y conducido por un agente de la policía.

Durante el trayecto repasé mentalmente la lista de posibles escondites que había hecho, pero no me decidía a enseñársela al inspector. No había tenido

mucho tiempo para hacerla y temía que estuviera incompleta.

Se lo dije cuando ya estábamos casi llegando. El inspector sonrió.

—¡Seguro que esa lista es un reflejo de tu perspicacia! Pero aquí no tenemos luz suficiente para verla. Después me la enseñas, cuando estemos en casa de Michael Carter —me dijo señalando con el dedo.

Efectivamente, observé que el edificio de una planta con la casa de invitados anexa era tal como lo había imaginado.

Bernard Miles nos esperaba entre dos macetas en la entrada, y sujetaba una potente lámpara de aceite. Abrió sin dificultad y nos invitó a entrar con un gesto de la mano.

Disimuladamente hice un círculo con mis pasos antes de poner un pie en el vestíbulo. Luego, me apresuré a seguir a los dos investigadores, que se dirigieron al despacho. Bernard Miles tomó la palabra al mismo tiempo que se acercaba a un elegante escritorio. Se notaba que era el lugar donde trabajaba el asesor económico. Había papeles, instrumentos de escritura, un tarjetero, una bandeja de plata con la correspondencia... Bernard nos advirtió que cada objeto que moviéramos había de volver exactamente a su sitio para que Carter no sospechase que habíamos estado en su domicilio. Era el procedimiento que había seguido en la búsqueda.

—Primero examiné todos los cajones de todos los muebles de la casa. Para un detective bien adiestrado, no hay cajón secreto que se le escape. ¡Los cajones son los escondites más evidentes!

Mientras hablaba, Bernard Miles iba de una estancia a otra señalando cada cajón: del despacho a los dormitorios; del aseo al vestíbulo. Nosotros lo seguíamos. Se detuvo en el salón comedor, junto a la mesa principal. Desde allí, como si estuviera ante un atril, nos dio un discurso que me dejó impresionado por la minuciosidad de su técnica de investigación:

—Por cada mueble calculo su masa, evalúo pesos y huecos cuya utilidad debe ser explicada, o pueden ser considerados escondrijos.

El inspector y yo nos miramos durante unos instantes pensando que podríamos estar ahí toda la noche escuchando la descripción exhaustiva de Miles. Llevábamos más de 33 minutos en la casa cuando, terminado el repaso de cajones, pasamos a las sillas. El jefe de seguridad del gobernador tomó una y le dio la vuelta para ilustrar mejor su explicación:

—Atravesé los almohadones de los asientos con unas agujas largas y finas, como las que se utilizan para bordar. Si no se topan con ningún objeto, significa que no hay nada escondido.

—¿Cree que Michael Carter sería tan escrupuloso para esconder una simple carta en un lugar tan rebuscado? —pregunté asombrado.

Bernard estaba a punto de contestarme, pero Dupin le robó la palabra.

—Sí, es muy posible. Una persona que desea esconder algo de verdad bien puede levantar la tapa de la pata de una mesa, de una silla o similar, para meter algo dentro aprovechando que la pata está hueca. A continuación pone la tapa en su sitio de nuevo y listo. Más de un ladrón de joyas ha usado ese truco.

Miré a Dupin con admiración. Estaba claro que yo tenía mucho que aprender si quería ser inspector. Por supuesto, ya no me atrevía a enseñar la lista que me había pedido. Tras todo lo visto, era evidente que estaba muy incompleta.

—¿Y cómo sabe alguien que busca un escondite que las patas de una mesa son huecas? ¿Por el peso? —pregunté mientras mi cerebro iba a cien por hora.

—No es tan fácil —me advirtió Dupin—. Una pata de una madera noble puede ser pesada y hueca a la vez.

—Ya sé, dependiendo de cómo suene cuando se toca con los nudillos.

El inspector se acercó a una pata y la golpeó con los nudillos.

—También ese sonido puede ser engañoso, querido Poe. Pero siempre puedes hacer un orificio en dicha pata si resulta que no es hueca —acabó diciéndome con un guiño; luego, se dirigió a su colega—: Lo mismo suele hacerse en las cabeceras de las camas, ¿verdad, Miles?

Bernard asintió, mientras yo me quedaba sin ideas tras todo lo que había hecho el jefe de seguridad.

—Te felicito por tu trabajo, Miles. No obstante, una carta puede ser reducida a un delgadísimo rollo de papel, casi inapreciable. ¿Supongo que ni tú has podido desarmar todos los muebles?

Bernard Miles carraspeó orgulloso.

—Hice algo mejor: examiné los travesaños y las junturas de todos los muebles con la ayuda de un poderoso microscopio. La menor diferencia en la encoladura, la más mínima apertura en los ensamblajes, hubiera bastado para orientarme.

¿Microscopio? Yo cada vez estaba más sorprendido. A cada minuto que pasaba me sentía más acomplejado. ¡Cuánto me faltaba por aprender!

Caminábamos de una estancia a otra. Los ojos de Dupin no perdían detalle:

—Imagino que miraste en los espejos, entre los marcos y el cristal, y que examinaste entre la ropa de la casa, así como detrás de las cortinas y debajo de las alfombras.

—Naturalmente.

—¿Incluyendo la casa de invitados en la inspección? —exclamó Dupin.

—Sí, y la terraza pavimentada y cada una de las macetas.

—¿En los libros del despacho? —preguntó Dupin.

Bernard asintió de nuevo, orgulloso y satisfecho por cumplir su obligación de registrar la casa con esmero.

—Claro está. Y no solo hojeé cuidadosamente cada libro, sin conformarme con una mera sacudida, como suelen hacer nuestros oficiales de policía, sino que asimismo escruté las encuadernaciones.

Miré a Bernard Miles perplejo por todo lo que había hecho para buscar la dichosa carta. Definitivamente, decidí no mostrarle la lista que había preparado a Dupin. ¡Era de aficionados!

A partir de aquí se estableció un tiroteo de frases, en el que Dupin preguntaba y Bernard Miles respondía.

—¿Y el papel de las paredes?

—Lo mismo.

—¿En las chimeneas?

—Por supuesto.

—¿Los frascos de comida?

—Claro que sí.

—¿Detrás de los cuadros?

—Evidentemente.

Dupin dio una calada a su pipa.

—Pues entonces —declaró Dupin—, tal vez nos hemos equivocado en nuestros cálculos y la carta no está en esta casa.

El inspector se dirigió a mí.

—A no ser que mi joven amigo Edgar nos sorprenda con algún escondite que haya descubierto.

Yo noté cómo el rojo de la vergüenza subía hasta mi cabeza.

—Mi lista contenía los lugares que ustedes dos han descartado ya. Lo siento.

Me sentía mal por no haber sido capaz de aportar nada. Se produjo un incómodo silencio que, por suerte, Bernard Miles rompió.

—Pues bien, Dupin, ¿entiendes ahora por qué el gobernador decidió recurrir a ti? ¿Qué me aconsejas?

El inspector tomó aire:

—Revisar de nuevo completamente la casa.

El pobre Bernard Miles se llevó las manos a la cabeza. Él, que no paraba de hablar, se había quedado mudo. Yo carraspeé para llamar su atención.

—Por favor, ¿podría darnos una descripción de la carta?

—¡Oh, claro que sí! —respondió con una sonrisa forzada—. El gobernador escribió con pluma, tinta negra, en una hoja de papel verjurado blanco de 30 cm x 18 cm. Lo dobló en tres partes y lo metió en un sobre aterciopelado de color blanco. El tamaño del sobre es de 10 cm de alto y 20 de largo. No estaba lacrado. Era un sobre de cartas normal.

Cuando nos despedimos, el pobre Bernard Miles se alejó de nosotros completamente desanimado. Dupin y yo también regresamos en silencio. Los dos estábamos pensativos, intentando deducir dónde estaría la maldita carta. Daban las 12 de la noche cuando llegamos a mi casa. Pensé que ya estarían todos dormidos, así que busqué despreocupadamente la llave de emergencia que siempre estaba debajo de una piedra, sobre todo para cuando llegaba Robert Allan. Entonces sentí cómo la punta de un cuchillo pinchaba mi cuello al mismo tiempo que una voz ronca me decía:

—Te voy a matar.

CAPÍTULO 8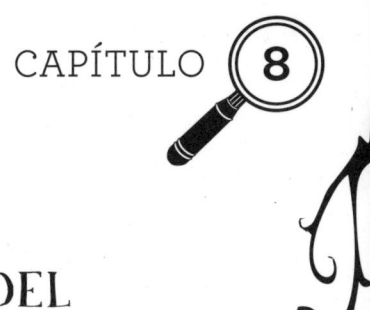

LA MENTE DEL DELINCUENTE

Al alzar la vista, comprobé que era mi hermanastro quien me estaba amenazando con un cuchillo. Lo peor fue oler su aliento: sin duda había bebido whisky. Con la voz trémula, me dijo que me odiaba y que muchas veces había pensado en acabar conmigo. Yo estaba convencido de que era muy capaz. Hablaba balbuceando.

Entonces mi madrastra abrió la puerta. Se había acercado sigilosamente. Iba vestida con un camisón de franela hasta los pies y se iluminaba con una vela. Sin alzar la voz, le pidió a su hijo que me dejara en paz.

—Dame el cuchillo y vete a la cama —le exigió seguidamente.

Robert Allan me soltó de mala manera y le entregó el cuchillo.

—¡Siempre le defiendes a él! —le recriminó.

Subió por las escaleras dando tumbos y yo temí que despertara a su padre.

—Siento haber salido sin avisar, pero no he hecho nada malo, de verdad —me defendí.

—Vete a tu habitación antes de que te vea, anda —me ordenó a mí también.

Naturalmente se refería a mi padrastro. Le di un beso de agradecimiento y me fui a mi habitación. Solo meterme en la cama, me quedé dormido. Había sido un día largo y agotador.

A pesar de que era domingo, mi padrastro me obligó a ir a cumplir mi castigo en la funeraria por la mañana. Por la tarde me dirigí a la central de la policía. Solo entrar en el vestíbulo, vi a Kevin riéndose. Deduje que Dupin ya le habría contado que yo había descabezado el esqueleto de un jabalí en casa del gobernador.

—De nuevo has perdido la apuesta —soltó una carcajada—. Eres incorregible.

Sin darme tiempo para replicarle, Dupin se asomó al vestíbulo y me dijo que lo acompañara a su despacho.

—Me gustaría recapitular contigo lo que hemos descubierto —me aclaró.

La verdad sea dicha, yo no había descubierto nada, y no se me ocurría ninguna pista de dónde podría estar la carta. Al contrario, después de tanta inspección, estaba bastante desanimado. Así lo manifesté, pero el inspector me interrumpió. Se atusó la punta de su barba blanca —un gesto que hacía cuando razonaba— y dijo al cabo de un rato:

—Bernard Miles es sumamente hábil a su manera. Es perseverante, concienzudo, responsable y muy versado en los conocimientos que sus deberes le exigen. Por eso, cuando Miles nos explicó y nos mostró su sistema de registrar la casa de Carter, tuve plena confianza en que había cumplido con una investigación satisfactoria, hasta donde podía alcanzar.

—¿Hasta donde podía alcanzar? —repetí sin comprender.

—Sí —afirmó Dupin—. Las medidas adoptadas no solamente son las mejores en su género para abordar un registro, sino que fueron llevadas con la más absoluta rigurosidad. Si la carta hubiera estado dentro del ámbito de su búsqueda, no me cabe la menor duda de que la hubiera encontrado.

—No entiendo nada. ¿Entonces la carta no está en la casa? ¿O el registro del señor Miles ha fallado en algo?

Yo empezaba a desesperarme.

—Todas las medidas que tomó Miles —continuó Dupin tras reavivar su pipa— fueron correctas y bien ejecutadas. Sin embargo, me indican que no tuvo en cuenta quién es el ladrón de la carta en cuestión. Bernard Miles ha buscado siguiendo el protocolo, pero sin pensar. Y alguien que busca algo primero tiene que razonar detalladamente cómo buscar. ¿Qué te digo siempre cuando estudiamos un caso?

—¿Que hay que ser perspicaz y audaz? —respondí dudando.

Dupin soltó una carcajada.

—También, pero te lo explicaré con una anécdota...

Tras dar otra calada a su pipa, prosiguió:

—Conocí a un niño de ocho años cuyos aciertos en el juego de «par e impar» atraían la admiración general de sus compañeros en el colegio. El juego es muy sencillo. Se juega con canicas. Uno de los contendientes oculta en la mano cierta cantidad de canicas y pregunta al otro: «¿Par o impar?». Si este adivina correctamente, gana una canica; si se equivoca, pierde una. El niño de quien te hablo se había hecho con la mayor colección de canicas de la escuela. Naturalmente, yo le pregunté si tenía un método de adivinación, y él me dijo que su método consistía en la simple observación y en calibrar la astucia de sus adversarios. Me contó que, cuando veía que su oponente era más bien corto, le observaba en una primera jugada y anticipaba la siguiente: si tenía pares la primera vez, seguro que preparaba impares para la segunda vez. Sin embargo, si le tocaba jugar con un niño astuto, razonaba de la siguiente forma: si la primera vez eligió impar, en la segunda su primer impulso será pasar de impar a par, pero entonces un nuevo impulso le sugerirá que la variación es demasiado sencilla, y finalmente se decidirá por jugar a impares como la primera vez. ¿Lo has entendido, Edgar? ¿Qué hacía este pequeñajo para ganar?

—Trataba de pensar como su oponente —repuse— y así él actuaba a su favor.

—Exactamente —proclamó Dupin—. Y cuando le pregunté si usaba algún truco para lograr una mayor identificación, me contestó: «Si quiero averiguar si alguien es listo, o tonto, o bueno, o malo, si quiero saber lo que está pensando en ese momento, adapto lo más posible la expresión de mi cara a la de la suya, y luego espero hasta ver qué pensamientos o sentimientos surgen en mí». ¿A que es increíble que un niño pequeño descubriera que la cara es el espejo del alma? Pues bien, querido Poe, aplicar este método es lo que distingue a un gran investigador.

—Si he comprendido bien —dije—, lo que me está diciendo es que un investigador agudo debe ponerse en la mente del delincuente, en este caso, de Michael Carter.

El inspector asintió.

—Felicidades, amigo, veo que has comprendido. Hay que hacer dos cosas que los policías como Miles no hacen. Primero, lograr dicha identificación con el delincuente. Segundo, medir su intelecto. Los policías como Bernard Miles solo tienen en cuenta su propia lógica y, al buscar una cosa oculta, se fijan únicamente en los lugares que ellos hubieran empleado para ocultarla. Sin embargo, cuando la astucia del malhechor lo lleva a actuar de manera sorprendente, siempre pierden.

De nuevo escruté a Dupin boquiabierto. Envidiaba su método analítico para resolver los casos más complicados.

—Entonces lo que tendríamos que hacer es conocer personalmente a Michael Carter.

El inspector asintió.

—Muy bien, querido amigo Poe. Eso mismo estaba pensando yo. Y no será difícil coincidir con él, porque, por su cargo de asesor económico del gobernador, constantemente participa en actos públicos.

A la mañana siguiente fui a buscar a mi hermana Rosalie para ir con ella a la escuela Saint James, donde los dos estudiamos. Normalmente la esperaba en la calle, pero ese día me acerqué a la puerta.

Quería conocer a Lisa Moon, la nueva niñera de la que tanto hablaba. En efecto, salió tras mi hermana recriminándole que no había hecho bien su cama. Cuando la vi, me quedé con la boca abierta. Pensaba que mi hermana exageraba, pero no. ¡Nunca en mi vida había visto a una mujer tan alta y corpulenta! Viendo su envergadura, comprendí por qué la llamaban «el Armario». De repente, cruzó la cara a mi hermana con una brutal bofetada de su manaza.

Rosalie cayó al suelo y, cuando intentó levantarse, Lisa le puso el pie encima aplastándole las costillas.

No podía permitirlo, y me lancé contra ella.

—Deje en paz a mi hermana o... —intenté poner voz de adulto.

Me agarró del cuello y me levantó con una facilidad pasmosa. Yo permanecí suspendido en el aire a un palmo del suelo. Cómo podía tener una fuerza tan brutal, me pregunté. Por fin me soltó violentamente, y caí al suelo de espaldas.

—Si vuelves a decirme lo que tengo que hacer, te juro que te envío a las nubes de un puñetazo —fue lo último que le oí decir antes de escuchar el portazo que dio al entrar en la vivienda.

Rosalie vino hacia mí corriendo para comprobar si estaba bien. Me rodeó con sus brazos, pero yo permanecí inmóvil y con los ojos cerrados.

—Edgar, ¿estás bien? ¡No me asustes! —me daba golpecitos en las mejillas—. ¡Te ha matado! —gritó, y se puso a llorar.

La pobre pensaba que había muerto, así que me incorporé y tuve que disculparme con ella doblemente: por el susto que le acababa de dar y por no haberla creído del todo cuando me hablaba de Lisa Moon. Y para ponerla de buen humor, me acerqué a ella y comencé a hacerle cosquillas. Cualquier parte del cuerpo que le tocaba provocaba que empezara a desternillarse. Mi hermana quería estar seria, pero no lo conseguía. ¡Las cosquillas no fallaban nunca con ella!

Íbamos riendo hacia el colegio cuando nos cruzamos con mi amigo Charlie, vendedor de periódicos del *Boston News*. Llevaba un saco con una docena de ejemplares.

—¿Qué, Charlie, hoy no hay ningún asesinato? —le pregunté.

—¿No hay ningún asesinato? —repitió mi hermana, pensando en el dinero que cobraría si Dupin y yo resolviésemos un nuevo caso.

Charlie negó con la cabeza.

—No, pero creo que la noticia de portada llamará tu atención.

Sacó uno de los diarios que llevaba. Había un titular muy grande.

SAQUEADORES DE TUMBAS INTENTAN CREAR UN MONSTRUO HUMANO

Dos hombres originarios de Boston han sido detenidos tras robar varios cadáveres del cementerio con los que intentaban crear un monstruo humano inspirándose en la novela *Frankenstein*, de Mary Shelley, recientemente publicada. En el momento de la detención, trataban de reanimar el cerebro de uno de los cuerpos mediante pequeñas explosiones de pólvora. Posteriormente, confesaron que su objetivo era crear un ejército de monstruos para combatir en los próximos conflictos bélicos.

—El mes pasado también detuvieron a un grupo de científicos de Nueva York que querían hacer lo mismo —añadió Charlie—. Creo que están encerrados en un centro psiquiátrico.

Rosalie quedó muy impactada con la noticia. Disimuladamente, le hice una señal a mi amigo para que guardara el ejemplar. Mi hermana es propensa a tener pesadillas. Para cambiar de tema, le pedí un favor a Charlie. Se me había ocurrido durante la noche.

Recordé que me había contado que en la redacción había una hemeroteca, donde se podían consultar todos los ejemplares antiguos del *Boston News*. Pedí a Charlie que me buscara noticias en las que apareciese alguna información sobre Michael Carter, el asesor económico que trabajaba para el gobernador.

—¿Por qué lo investigas? —me preguntó.

—Lo siento, amigo. Es un asunto secreto. No puedo decírtelo.

Charlie lo aceptó sin problema y se alejó para seguir con su itinerario, y mi hermana y yo echamos a correr para llegar a tiempo. Inesperadamente, una enorme maceta cayó del edificio por el que pasábamos; justo el último antes de cruzar a nuestro colegio. Si no hubiésemos ido corriendo, esa maceta hubiera caído encima de nuestras cabezas. Aun así, nos dio un susto de muerte.

Mi hermana se abrazó a mí. Yo miré hacia arriba convencido de que alguien nos la había tirado a propósito. Pero ¿por qué? ¿Quién habría sido? No vi a nadie, pero sentí que alguien nos vigilaba.

Mi hermana me susurró al oído:

—¿Lo de la maceta ha sido un accidente, verdad, Edgar? —me preguntó.

—Sí, claro —proclamé para que se tranquilizara.

En realidad, estaba convencido de que alguien había querido matarme.

CAPÍTULO 9

EL ENIGMÁTICO
MICHAEL CARTER

Era martes por la mañana cuando Auguste Dupin envió al director de mi escuela una petición de permiso para que yo me pudiera ausentar de las clases. El inspector había llegado a un acuerdo con el director del Saint James por el que este se comprometía a no decir nada a mis padres adoptivos, siempre y cuando yo hiciera los deberes y me pusiera al día de mis lecciones. Así, pude salir a media mañana para llegar a la recepción donde por fin iba a conocer a Michael Carter. Él era uno de los invitados a la fiesta y la comida que se había organizado para celebrar el décimo aniversario de la tienda de calzado Dock & Smith, situada en la Avenida Principal.

Dupin y yo llegamos puntualmente al inicio del acto. Antes que nada, le conté el incidente de la maceta que casi me había matado. Curiosamente, el inspector me dijo que a él un caballo había estado a punto de arrollarle. Los dos nos miramos en silencio.

Era extraño. Últimamente estábamos sufriendo muchos accidentes y no estábamos seguros de que todos fueran fortuitos.

—Dejemos las conclusiones para más adelante. Eso sí, tendremos que estar atentos —me advirtió el inspector.

La primera vez que vi a Michael Carter estaba en la tarima de oradores. Dupin me pidió que lo observara detenidamente. Como asesor económico, fue uno de los que habló para agradecer a las familias Dock y Smith, procedentes de Nueva York, donde tenían la sede de su negocio, que hubiesen decidido montar una nueva fábrica en Boston que daba empleo a más de 200 trabajadores y cuya tienda de lujo era un emblema de la ciudad.

Tras los discursos, empezó un desfile de camareros que ofrecían comida. Ver esos manjares hizo que pensara en mi hermana, que últimamente estaba hambrienta a todas horas, y me dispuse a guardarle unos cuantos canapés en el bolsillo de mi pantalón.

Michael Carter estaba situado entre las autoridades y los propietarios de la fábrica y de la tienda. Aunque tenían un servicio especial VIP, fui testigo de cómo trataba de malos modos a un camarero, culpándolo de que uno de los embutidos estaba demasiado salado.

El inspector, por su parte, se había preparado una serie de preguntas para que pudiéramos conocerlo mejor. Bernard Miles nos lo presentó. Dupin y él se saludaron con un cálido apretón de manos. En cambio, a mí apenas me prestó la menor atención.

—Es un honor conocer a uno de los inspectores más famosos del mundo por su ingenio y eficacia.

El inspector le dedicó una cálida sonrisa de humildad.

—Gracias, aunque... creo que ya habíamos coincidido... en otra fiesta... No estoy seguro, pero... ¿no nos vimos el 31 de noviembre del año pasado en el aniversario del nuevo edificio portuario?

Michael Carter soltó una carcajada.

—Es imposible que nos conociésemos ese día.

El inspector puso cara de sorpresa.

—¿Por qué?

—El 31 de noviembre no existe —declaró Carter.

Tras disculparse alegando que era algo despistado, Dupin lo felicitó por su perspicacia. Michael Carter esbozó una gran sonrisa.

—Que me felicite por mi perspicacia precisamente usted es un gran orgullo, aunque la verdad es que sí que me considero perspicaz —soltó una carcajada—. Sería divertido batirme con usted en un juego de inteligencia.

El inspector me guiñó un ojo sin que el asesor lo viera.

—¡Qué casualidad! Yo iba a proponerle un juego de ingenio a mi amigo Poe. Si quiere participar usted también...

Michael Carter asintió encantado y convencido de que iba a ganar. A mí me miró como diciendo: «Solo es un niño».

—Consiste en responder lo más rápido posible a la siguiente cuestión.

El inspector se dirigió a los dos.

—Una raqueta y una pelota cuestan un dólar y diez centavos. La raqueta cuesta un dólar más que la pelota. ¿Cuánto cuesta la pelota?

Dupin ya me había advertido que le expondría este problema y que yo tenía que errar en la respuesta. Su objetivo era confirmar si Carter era realmente tan inteligente y rápido como sospechaba. En cuanto a la resolución del problema, Dupin me dijo que la gente tenía la tendencia de dar una respuesta incorrecta sin pensar, afirmando con mucha seguridad que la pelota costaba 10 centavos. Tal como me pidió el inspector, yo contesté erróneamente.

—La pelota cuesta 10 centavos.

Mi respuesta demostraba que la mayoría de las personas se precipita. Michael Carter, sin embargo, tardó unos segundos más en responder, pero lo hizo correctamente, si bien me miró con desprecio y antes de dar en el clavo se explayó en explicarme mi error con tono de superioridad:

—Si la pelota costara 10 céntimos y la raqueta un dólar más, significaría que la raqueta cuesta 1 dólar y 10 céntimos y, por tanto, el total sería de 1 dólar y 20 céntimos. Así pues, la pelota tiene que costar solo 5 céntimos.

> 1 pelota: 5 céntimos
> 1 raqueta: 1 dólar y 5 céntimos
> ———
> Total: 1 dólar y 10 céntimos

Dupin le felicitó efusivamente.

Michael Carter estaba eufórico por haber ganado. Por el brillo de sus ojos, se veía que se sentía superior. Se acercó al inspector y le confesó que no le gustaba perder. Estaba a punto de alejarse, cuando Dupin le llamó.

—Perdone, señor Carter —gritó—, creo que se le ha caído este billete.

El asesor económico se detuvo al oírlo. El inspector señaló un billete que estaba en el suelo. Michael Carter retrocedió unos pasos hasta volver a donde estábamos nosotros. Se quedó por unos instantes dubitativo. Finalmente, recogió el billete mirando a un lado y a otro, como desconfiando de que pudiera ser una trampa, y lo introdujo lentamente en su cartera.

—Sí, es mío —reconoció—, muchísimas gracias. Creo que tendré que cambiar de cartera. Ya sabía yo, cuando la compré, que no me duraría, porque quien me la vendió tampoco era de fiar. Siempre digo que solo te puedes fiar de ti mismo, y con el dinero hay que tener mucho cuidado. Un proverbio chino dice: «Si te caes siete veces, levántate ocho». El otro día ya me di cuenta de que se había descosido el bolsillo de piel de mi cartera.

Tras esa extraña explicación, el asesor financiero se alejó.

Yo miré a Dupin.

—El billete no se había caído al suelo, ¿verdad? —le pregunté.

Y comprendí. Había sido otra trampa del inspector. Lo había dejado caer al suelo para comprobar su reacción.

Al salir del almuerzo, en el trayecto de regreso al colegio, Dupin y yo estuvimos comentando todo lo que habíamos observado durante el evento.

—Creo que empiezas a comprender lo importante que es conocer la personalidad del delincuente para dar con la solución del problema —me dijo, y

al despedirse, me propuso que realizara una de mis listas para describir el carácter del asesor económico.

Esa tarde me tocaba clase de Ciencias Naturales y teníamos a un profesor nuevo; sustituía a John Expensive, de baja tras un accidente doméstico. Nos pidió que hiciéramos el dibujo de un corazón humano con sus diferentes partes, pero yo tenía la cabeza en otro lado y aproveché para empezar a concentrarme en la lista que me había pedido Dupin. Volví a revivir cómo habían transcurrido la gala y el almuerzo. Me vino a la cabeza el pobre camarero al que había echado una bronca porque el embutido estaba salado. En mi opinión, eso ya demostraba que Michael Carter no era una buena persona.

Y pensando en esa lista, el tiempo se me echó encima. Ni siquiera había empezado a dibujar el corazón que el profesor nos había pedido, cuando vi que todos mis compañeros ya habían acabado. Por suerte, yo tenía mi sistema de dibujo ultrarrápido. Ya era hora de que el nuevo profesor de la escuela lo conociera. Tomé la plumilla y, lo primero de todo, imaginé el corazón que tenía que dibujar. Su perímetro me recordaba mucho a un rombo, así que fue eso lo que tracé. Luego, miré fijamente el rombo y me imaginé perfectamente el corazón. El profesor se acercó a mí.

—Déjame ver tu trabajo —me ordenó.

Aparté el brazo que tapaba la hoja donde había hecho el corazón.

—Yo solo veo un rombo —declaró.

Toda la clase tenía sus ojos clavados en el profesor y en lo que yo iba a decir. Carraspeé para que mi voz saliera más cristalina.

—Con un poco de imaginación lo verá, señor —y señalé la parte superior del dibujo—. ¿Lo ve, profesor? Aquí está la aorta.

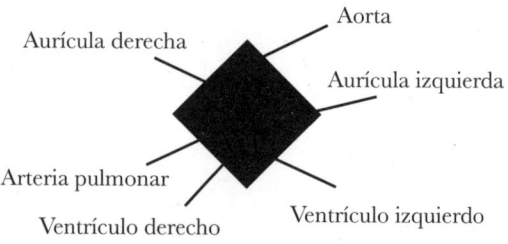

El profesor frunció el ceño. Me miraba como si yo estuviera mal de la cabeza. Eso me indignó. No me importa que me llamen «el Raro», pero no estoy loco.

—Ese es el problema de los adultos —me levanté para dirigirme a todos mis compañeros—. Como no tienen imaginación, se pierden muchas cosas interesantes.

Todos me aplaudieron por lo que acababa de decir. Entonces levanté la libreta para que vieran mi trabajo.

—¿Qué veis aquí? —pregunté.

—Un corazón —respondieron todos al unísono.

El profesor de naturales suplente pensó que le estábamos tomando el pelo con una novatada. Ni a la fuerza conseguía ver el esquema de un corazón en mi dibujo. ¡No había que ser un brujo para adivinar lo que vendría a continuación!

—Expulsado —y me señaló la puerta.

Desgraciadamente, ya estaba acostumbrado a ser castigado.

Tras la escuela, mi hermana Rosalie y yo nos dirigimos al edificio de la Campana, aunque últimamente parecía que nadie se interesara por mi negocio de sustos, precisamente ahora que necesitaba el dinero más que nunca.

—¿No has encontrado el dinero que nos ha robado Robert Allan, verdad? —me recordó Rosalie.

Sentí remordimientos de conciencia, porque no había tenido tiempo para buscarlo como había prometido.

—Estoy en ello —improvisé para que no se enojara conmigo.

Para animarla, le entregué la comida que había sisado de la fiesta organizada por esa empresa de calzado. Aunque chafada, y un poco asquerosa de pinta, se trataba de salmón ahumado, embutidos y hasta un trozo de tarta de chocolate. Rosalie se lo comió sin rechistar, lo que significaba que estaba realmente hambrienta. Mientras comía, le conté que Auguste Dupin me había pedido que hiciera una lista de cómo era Michael Carter para intentar ponerme en su lugar y, de esta forma, entender mejor cómo actuaría. Ella ya sabía que yo estaba investigando a Michael Carter por un tema secreto y no me preguntó nada más. Sin embargo, tras 8 segundos absorta en sus pensamientos, mi hermana soltó lo siguiente:

—Deberías hacer lo mismo con Robert Allan.

Yo me quedé en silencio. Rosalie tenía toda la razón del mundo. No sé cómo no se me había ocurrido. Sin duda, estudiar un poco más a fondo su mezquino comportamiento me ayudaría a dar con el dinero.

Esa misma noche, durante la cena, me dediqué a observar a Robert Allan con detenimiento. Mi madre adoptiva nos había servido carne asada con patatas. Mi hermanastro la cortaba con una sonrisa repleta de malicia, como si disfrutara cortando el tejido animal y los músculos. Y no solo eso, seguía un extraño ritual para comer. Primero acariciaba el pedazo de carne con el tenedor, después lo pinchaba 4 veces y por último se lo llevaba a la boca, no sin antes mostrarnos durante unos instantes la punta de su babosa lengua. Robert Allan se dio cuenta de que yo lo estaba mirando fijamente. Furioso, se levantó de la mesa.

—¿Por qué me miras así? ¿Qué pasa?, ¿tengo monos en la cara o qué?

Su padre le pidió que volviera a sentarse y se tranquilizara. Yo, sin embargo, estaba a punto de desternillarme. De repente, imaginé que Robert Allan se había convertido en un mono, se levantaba de la mesa y se agarraba a la lámpara mientras mi padrastro le gritaba que volviera a su sitio. Tuve que hacer un esfuerzo sobrehumano para no reírme. Pensé en decirle que sí, que tenía monos en la cara, pero no dije nada.

Los dos estuvimos en silencio hasta la hora del postre. Entonces me sonrió teatralmente y hasta me ofreció las galletas de mantequilla que se amontonaban en la cesta de mimbre. ¡Cómo podía ser tan cínico!, me preguntaba.

Solo en mi habitación, busqué un papel en blanco para escribir los rasgos de mi hermanastro. Eso sí,

puse provisionalmente las iniciales C. I. (Cerdo Impresentable) para que él no sospechara nada en caso de que encontrara el papel. Curiosamente, pensé, mi hermano y Michael Carter tenían puntos en común. Al menos, dos: mezquino y avaricioso.

Se me ocurrían muchos más adjetivos para describir a Robert Allan y ninguno de ellos era agradable. He aquí la lista que realicé:

LISTA DE RASGOS DE C. I.

Mezquino
Vanidoso
Avaricioso
Envidioso
Miserable
Desagradable
Maleducado
Sucio
Desordenado
Abusón

Podía haber seguido, pero me detuve. Debía concentrarme en la lista que me había encargado Dupin. En otro papel, comencé a escribir:

LISTA DE RASGOS DE M. C.

Mezquino
Avaricioso
Mentiroso
Calculador
Rápido
Retorcido
Vanidoso
Desconfiado

Estas eran las razones que yo daba. Las anoté por detrás:

1) Mezquino: por las malas maneras con que había tratado al camarero, una persona que podía perder su empleo por su culpa.
2) Avaricioso: por su forma de quedarse con el billete del suelo a pesar de gozar de una buena posición económica.
3) Mentiroso: por la mentira que inventó para no reconocer que el dinero no era suyo.
4) Calculador: por su forma de resolver el problema de la raqueta y la pelota.
5) Rápido: por haber caído, en menos de un segundo, en que el mes de noviembre no tiene 31 días.
6) Retorcido: por la extraña explicación que dio sobre la cartera para justificarse.
7) Vanidoso: por su afán de ser admirado y reconocido como una mente superior.
8) Desconfiado: por su forma de mirar a un lado y otro cuando recogió el billete del suelo y porque admitió que solo se fía de sí mismo.

Al día siguiente, fui hasta la Jefatura a entregar a Dupin la lista de los rasgos de Michael Carter, a pesar de que sentía cierto temor de que no estuviera a la altura de lo que él esperaba. Sin embargo, mi mentor me felicitó efusivamente tras leerla. A continuación, se quedó en silencio unos segundos y se atusó la barba. Eso significaba que estaba a punto de decirme algo importante.

—Creo que ya sé dónde está la carta —declaró.

CAPÍTULO 10

LA DICHOSA CARTA

Escruté al inspector, atónito. ¿Cómo podía saber dónde estaba la carta? ¡Si ni siquiera habíamos vuelto a inspeccionar la casa!

Dupin acarició una vez más su barba al tiempo que me dedicó una sonrisa al percibir mi turbación.

—Un poco de paciencia, amigo Poe.

Dio una calada a su pipa.

—Ahora que has indagado en la personalidad de Carter, ¿dónde esconderías la carta si fueras él?

Me quedé pensativo.

—Sé que, como persona retorcida que es, la escondería en un lugar que nadie esperase, pero no sé dónde. Es un tipo vanidoso y creo que le gusta demostrar a los demás su superioridad.

—Veo que has sido capaz de meterte en su mente muy bien —me felicitó—. ¿Has jugado alguna vez a buscar una palabra en un mapa?

Yo estaba cada vez más intrigado.

—Uno de los jugadores pide a otro que encuentre una palabra: el nombre de una ciudad, un río, un

Estado..., cualquier palabra que figure en la abigarrada y complicada toponimia de un mapa o un globo terráqueo. Por lo regular, un novato en el juego busca nombres escritos con los caracteres más pequeños, para ponérselo difícil a la otra persona.

Dupin se detuvo unos instantes para estornudar.

—Pero hay otro camino... Un buen jugador escogerá —prosiguió el inspector tras sonarse con un elegante pañuelo— aquellos nombres que se extienden con grandes letras de una parte a otra del mapa. Estas letras, por ser excesivamente grandes, escapan a nuestra atención, a fuerza de ser tan evidentes.

Yo todavía continuaba sin ver qué relación tenía con la carta robada.

—A Bernard Miles jamás se le ocurrió que Carter hubiera dejado la carta delante de sus narices. Sin embargo, en cuanto he conocido el perfil psicológico de Miles, más me he convencido de que, en previsión de un posible registro de su vivienda y queriendo a la vez tener el documento a mano, Michael Carter ha acudido al más sagaz de los escondites: no ocultar la carta.

¿No ocultar la carta? Escuchaba al inspector sin comprender qué me estaba diciendo.

—¡Ya no puedo aguantar más, por mis muertos, dígame dónde está la carta, por favor!

Dupin soltó una carcajada, seguida de un acceso de tos y un par de estornudos seguidos.

—La paciencia es una cualidad de los mejores investigadores. Tendrás que aprender a cultivarla.

Dupin y yo nos dirigimos a casa de Michael Carter de nuevo en su vehículo descubierto, y eso que había refrescado. Nos acompañaba un agente que también estornudó.

—En la central somos muchos los resfriados, así que no te acerques a nosotros —proclamó riéndose.

Michael Carter estaba a esa hora atendiendo una reunión en el Ayuntamiento. Dupin de todas formas puso a su agente a vigilar la entrada. Él abrió con una llave maestra y entramos.

—Hay un lugar en esta casa donde nadie ha buscado —dijo, y se dirigió al despacho.

Me di cuenta de que sus ojos se clavaban en el escritorio.

—Esa mesa ya la revisamos de arriba abajo —le recordé.

—¿Estás seguro?

—Miles nos dijo que había revisado todos los cajones y papeles —insistí.

Dupin mantenía la vista puesta en el escritorio. Repasé todos los objetos ahí situados. Había un tintero, una lupa, un abrecartas, varias plumas, una caja con hojas y sobre una bandeja de plata varias cartas amontonadas, dejadas ahí sin ningún cuidado. Algunas estaban abiertas, otras no. Dupin clavó sus ojos en la bandeja.

—Es aquí donde nos faltaba buscar.

Fue pasando las 10 cartas que había de una en una. Examinaba el sobre del derecho y del revés y después miraba en el interior. La anteúltima carta estaba arrugada y manchada; y además el sobre era de color marrón y en el exterior aparecía la dirección de Michael Carter. No obstante, cuando Dupin sacó la hoja blanca que había en su interior y la leyó, esbozó una gran sonrisa.

—¡Ya la tenemos!

Desplegada, la carta era tal como nos la había descrito Bernard Miles. Decía así:

Apreciada Sra. Neue:

Le escribo porque los remordimientos no me dejan dormir desde que murió su marido y necesito decirle la verdad. Yo fui quien mató a Patrick Neue en el accidente de caza. No fue intencionado, por supuesto. Una bala perdida que erró el tiro, pero no dije nada por miedo. Me he ocupado, como sabe, para que económicamente ni a usted ni a sus hijos les falte de nada. Sin embargo, no es suficiente. A usted necesito confesarle mi crimen y pedirle que me perdone.

Atentamente,
Gobernador Ernest Huge

Tras leerla, la metió en su cartera. A continuación, tomó una hoja en blanco que encontró en el escritorio y escribió el siguiente texto:

> Apreciado Michael Carter:
>
> Para que veas que no eres tan listo como te creías. Hemos encontrado la carta con la que chantajeabas al gobernador y tú ni siquiera te has dado cuenta hasta ahora, con lo cual deduzco que no eres tan astuto como piensas.
>
> Atentamente,
> Auguste Dupin

Dupin dobló el papel igual que la dichosa carta y la introdujo en el mismo sobre de color marrón. Su intención era que Carter no sospechase nada hasta el día en que la abriese y, por supuesto, dejarle en ridículo.

—Ya podemos hablar con Bernard y decirle que hemos descubierto la carta.

Mientras nos dirigíamos al coche de caballos, vimos a Kevin que venía corriendo hacia nosotros. Jadeaba por el esfuerzo realizado, apenas podía hablar.

—Bernard Miles —masculló.

—¿Qué pasa con Miles? —preguntó el inspector—. Ahora íbamos a verlo.

Kevin tomó aire. Su rostro reflejaba que iba a decirnos algo trascendental.

—Eso va a ser imposible.

Y a continuación añadió:

—Bernard Miles ha muerto.

CAPÍTULO 11

EL ENTIERRO

Fuimos directamente a la mansión del gobernador. Durante el trayecto, permanecimos en silencio, impactados por la noticia. Bernard Miles podía tener algunos defectos, pero era una buena persona. Ernest Huge también parecía muy afectado. Nos recibió en la misma biblioteca de nuestra primera visita. A sus pies, dormitando sobre la alfombra, como si fuera un gatito, se encontraba Amalia, la pantera negra; cuando me vio, se incorporó y me saludó con un potente gruñido.

—Pobre Bernard. Llevaba unos días sintiéndose cansado y abatido...

Tanto Dupin como yo aguardábamos impacientes que nos dijera qué le había pasado.

—He hablado con su viuda. Al parecer, ayer llegó a su casa tarde; había tenido una cena de trabajo. Su esposa lo convenció para que fuera al médico esa misma semana. Se fue a dormir y... por la mañana ella descubrió que había muerto.

Nos quedamos callados 1 minuto pensando en Miles. Yo miré de reojo a la pantera negra, que continuaba observándome.

—Trabajar tanto es muy perjudicial para la salud —prosiguió el gobernador—. Miles llevaba meses padeciendo agotamiento.

Dupin abrió su maletín, del que extrajo el sobre con la carta.

—Esto le hubiera alegrado. Íbamos a dársela a él, pero como eso no será posible, te la entrego en su nombre —proclamó el inspector.

El gobernador tardó unos segundos en reaccionar.

—¡La has encontrado! ¿Dónde estaba? —preguntó intrigado.

Dupin le contó cómo la había hallado.

—Sabía que darías con ella, amigo —y Huge se dirigió también a mí—: Muchísimas gracias a los dos.

Ernest Huge estaba encantado de que hubiésemos recuperado la carta. Sin embargo, había una sombra de tristeza en su rostro. Era consciente de que no había obrado bien y por ello había sido presa fácil de un chantaje. Y ahora, una persona a su servicio había fallecido quizá por culpa de la responsabilidad que él le había delegado.

Se produjo un incómodo silencio. La pantera negra bostezó y apoyó su cabeza sobre mi muslo izquierdo. Debí de poner una cara rara, porque el go-

bernador y el inspector se echaron a reír. Al menos, el ambiente se relajó un poco.

—Amalia te considera un amigo —sonrió Ernest Huge—, y yo también.

Después, el rostro del gobernador se tornó de nuevo serio. Estaba claro que la desgraciada muerte de Patrick Neue iba a marcar para siempre su vida.

El jueves me tocó ir a la funeraria a seguir cumpliendo mi castigo sin saber que ahí me iba a encontrar con un conocido. Eso sí, muerto. Según me informó Rudy Gigant, acababan de llevar el cadáver del pobre Bernard Miles. Estaba en la sala donde los arreglaban, los maquillaban y vestían adecuadamente para ser exhibidos. Sin embargo, el ataúd de roble con el cuerpo de Miles ya estaba cerrado cuando llegó a la funeraria, algo extraño.

—¿Por qué no se le ha hecho la autopsia? —le pregunté a Rudy Gigant.

—Son órdenes de tu padrastro.

¿Y de quién había recibido mi padre adoptivo esas instrucciones? Me quedé pensativo y compartí mi extrañeza con Rudy.

—No sé, yo no quiero líos —Rudy se encogió de hombros—. Pero te confieso que vi que tu padrastro recibía un sobre.

—¿Un sobre con dinero? ¿Quién se lo ha dado?

Gigant negó con la cabeza:

—No sé. Yo solo digo que un hombre trajo el cuerpo y entregó un sobre al señor Allan.

—Tengo que ver el cadáver. Si no le hacen la autopsia y el féretro está cerrado, es que alguien tiene algo que esconder.

Rudy Gigant me conocía bien y ya sabía que, si estaba decidido a ver el cadáver de Bernard Miles, no me lo quitaría de la cabeza. Él no podía ayudarme porque no quería perder su empleo, pero decidió dejarme el camino libre:

—Me voy a comprar algo para comer.

Comprendí su generoso gesto. Me dejaba a solas en la sala para que yo pudiera ver el cadáver. Me puse manos a la obra. Tenía que darme prisa porque mi padrastro no tardaría en aparecer. Busqué nuestra llave maestra, que estaba escondida en el primer cajón del escritorio. Esa llave abría todos los ataúdes que vendíamos. Me dirigí a la caja de muertos del pobre señor Miles, la abrí sin dificultad y levanté la tapa. Me subí a un escalón para verlo mejor. Me fijé en su cara. Estaba algo hinchada. Pero lo que me llamó más la atención fue su color azulado, sobre todo los labios. Sin embargo, apenas pude estudiar su cara o su cuerpo, porque mi padrastro apareció detrás de mí. Cerró la tapa del ataúd de un golpe. Suerte que aparté la mano con rapidez porque, si no, me la pilla.

—Este hombre podría haber sido asesinado —le indiqué—. ¿Por qué permitimos que no se le haga una autopsia?

Lejos de escucharme, mi padrastro me agarró por el cuello.

—No te metas. ¿No estarás ayudando otra vez a ese inspector de la policía?

Mi padrastro sabía que yo había ayudado a Dupin en el crimen de la calle Morgue, que tuvo lugar al lado de nuestra casa. Por supuesto, estaba totalmente en contra y por eso mantenía en secreto mis investigaciones.

—Si vuelves a meterte en asuntos que no te incumben, te mato a palos —me amenazó.

El oficio funerario fue muy concurrido. Además de la desconsolada viuda de Bernard Miles acompañada de su hijo mayor, de solo 12 años, y sus familiares, se presentaron algunos policías de su época como inspector, incluyendo por supuesto a Auguste Dupin; y naturalmente asistió el gobernador del estado y todo su equipo, empezando por Michael Carter, quien también aparentaba estar muy afectado por la noticia. De hecho, según le oí a mi padrastro, Carter se había ofrecido a colaborar con la viuda encargándose de todas las gestiones.

Yo bajé la cabeza para pasar desapercibido. Y cuando vi que Michael Carter salía a tomar el aire con otro funcionario que parecía trabajar para él, fui tras ellos con mi escoba para vigilarlos. Empecé a hacer montoncitos de suciedad con el cepillo mientras los escuchaba. Me enteré de que el otro hombre era su secretario y, mientras encendía un puro, le contó un chiste a su jefe.

> Entra un hombre en un velatorio y le dice a la viuda:
> —Lo siento.
> La viuda le responde:
> —No, gracias, mejor déjelo tumbado.

Carter pasó de tener el rostro compungido a reírse a carcajada limpia. Tras el chiste, Carter siguió hablando de asuntos banales. Estaba muy animado, no parecía excesivamente apenado. ¿Qué estaba escondiendo?, me pregunté. De repente, pensé en algo que me puso la piel de gallina. ¿Y si Michael Carter había tenido algo que ver en la muerte de Bernard Miles? ¿Había sido él quien había pagado a mi padrastro para que lo enterrara lo antes posible, con el féretro cerrado y sin hacerle la autopsia?

Mi corazón empezaba a acelerarse cuando oí su voz.

—¡Chico!

Tragué saliva. ¿Y si me había reconocido? Si descubría que lo estaba espiando, era capaz de cortarme el cuello. Me volví sin levantar la cabeza.

—Aquí hay un papel en el suelo —dijo.

—Ahora lo barro —susurré yo manteniéndome cabizbajo.

Con la cabeza inclinada, recogí el papel arrugado al tiempo que comprobé aliviado que tanto Michael Carter como su ayudante regresaban al interior. Afortunadamente, no me había reconocido.

En cuanto pude, fui a ver a Dupin para contarle mis inquietantes sospechas sobre Bernard Miles, pero Kevin me dijo que estaba en cama debido a un fortísimo resfriado.

Resoplé algo enfadado. Recordé que, cuando investigaba el caso de Mary Roget, él se ausentó de la ciudad y estando sin su protección puse mi vida en peligro. Así que le confié a Kevin mis sospechas relativas a la muerte de Miles, sin implicar al gobernador, para que el chantaje que había sufrido se mantuviera en secreto.

—Deberíamos investigar a Carter, seguirle los pasos. ¿Te imaginas que tuviera algo que ver con la muerte de Miles?

—¿Y yo qué puedo hacer?

—¿No podrías hablar con algunos agentes para que vigilaran a Carter? E impedir que entierren a Miles.

Kevin negó con la cabeza.

—La mitad de la Jefatura está enferma y apenas tenemos efectivos para los casos oficiales.

Debió de darse cuenta de mi desespero porque me dijo:

—Aunque entierren a Miles, en último extremo se podría exhumar el cadáver.

De nuevo me vino a la cabeza el caso de Mary Roget. Dupin había logrado una orden para exhumar el cuerpo de la joven y gracias a ello habíamos dado con el autor del terrible asesinato.

Puse cara de lástima. ¡Y dio resultado!

—Si quieres, te acompaño yo —declaró por fin.

Se lo agradecí con un generoso abrazo. Kevin se alejó para preguntar a sus compañeros si podía disponer de un coche de caballos. Le dijeron que solo al día siguiente, así que mi búsqueda tendría que esperar unas horas más.

Kevin me vino a buscar a la escuela Saint James el viernes antes de comenzar las clases. Un hermoso caballo blanco empujaba el carruaje en que nos desplazamos. Nos dirigimos a casa de Michael Carter con intención de seguirlo. Tras esperar una hora, le vimos salir apresuradamente. Su vehículo comenzó a avanzar a paso rápido. Kevin también ordenó a nuestro caballo que se pusiera en marcha, situándolo a una distancia prudente para que no nos viera.

Llegamos al South End, un barrio tranquilo también conocido como el barrio de las Tres Plantas, por el número de niveles que tenían casi todas las casas. Antiguamente había sido una de las zonas más elegantes de la ciudad, pero ahora lucía un aspecto bastante decadente. Muchos de sus vecinos se mudaron a otros lugares más de moda.

El coche de caballos de Michael Carter se detuvo junto a una mansión que tenía un aspecto fantasmagórico. Algunas persianas estaban rotas y la pintura había saltado en muchas partes de la fachada. Un hombre vestido con una bata blanca le abrió la puerta, que resonó con un chirrido escandaloso.

Kevin había aparcado en la esquina de la calle para que no fuéramos vistos. Los dos salimos del carruaje a toda prisa y, escondidos tras un muro, llegamos a tiempo de ver cómo el asesor entraba.

¿Quién era ese hombre? ¿Era un enfermero? ¿O tal vez un científico? Kevin y yo estábamos intrigados. Nos asomamos a través de una ventana y divisamos un amplio salón, desordenado y sucio, si bien lo más inquietante era que en su interior había todo tipo de pájaros, sobre todo cuervos; aunque me pareció distinguir dos murciélagos colgados del techo. De golpe entró en el salón otro hombre de mediana edad, extremadamente delgado y de aspecto salvaje. Estaba desnudo y tenía muchas cicatrices por todo el cuerpo. ¿Acaso era un prisionero?

De repente recordé la noticia del *Boston News* sobre dos hombres que habían robado varios cadáveres para dar vida a una criatura resucitada. ¿Y si aquel era un monstruo inspirado en la novela *Frankenstein*? Esas numerosas cicatrices que tenía confirmaban mi teoría. Y para rematar, el ser comenzó a vociferar palabras que no conseguía comprender, al tiempo que señalaba uno de los pájaros que se había posado sobre una lámpara del techo. Estaba claro que le gustaba su presencia, alargaba su mano intentando atraparlo. Entonces Michael Carter se acercó a él e intentó que se tranquilizara.

—Tienes que vestirte, hace frío —le dijo—. Después, como premio, podrás tocar uno de los pájaros.

El hombre de la bata se acercó a ellos. Entre los dos le colocaron una túnica por la cabeza. Luego el salvaje empezó a gritar de nuevo. Apareció un tercer hombre, ya de edad, con una escopeta, preguntando si era necesaria su ayuda, pero Michael Carter le dijo que se fuera.

¿Quiénes eran? ¿Qué hacía allí un hombre con un arma? Mi cabeza daba vueltas tratando de juntar las piezas de aquel puzle. Me asomé a otra ventana. Había una mesa enorme repleta de frascos de colores, pipetas y probetas de diferentes tamaños. ¿Qué significaban esos frascos? ¿Estaban haciendo experimentos con humanos? Volví al lado de Kevin y en ese instante, sin poder evitarlo, estornudó tan estrepitosamente que todos los que estaban dentro de la casa se volvieron hacia la ventana donde nos encontrábamos.

Kevin y yo nos miramos aterrorizados. Nos apartamos de la ventana y nos dirigimos corriendo al coche de caballos. Estábamos seguros de que nos estaban persiguiendo. ¿Qué iba a ser de nosotros si nos atrapaban?

CAPÍTULO 12

CIANURO & NEVERLAND

Subimos al carruaje apresuradamente. Kevin sujetó las riendas y azuzó al caballo para que saliera a la carrera.

—Creo que yo también me he constipado —se disculpó Kevin.

—No pasa nada —lo tranquilicé tras comprobar que no nos perseguían.

Me llevó al colegio, donde a duras penas pude concentrarme en las clases.

Cuando salí, me encontré a Charlie, que me estaba esperando. Me dijo que había buscado noticias sobre Michael Carter en la hemeroteca del periódico y que había encontrado una, de hacía dos años, bastante curiosa.

CIERRA LA EMPRESA CARTER & CO

Tras el fallecimiento de John Carter, propietario de la firma de artículos farmacéuticos Carter & Co, especializada en drogas médicas para pacientes de hospitales, su hijo Michael Carter ha decidido no seguir sus pasos y traspasar el negocio. A pesar de su experiencia como empresario de la salud, Michael Carter se ha decantado por la política. El gobernador Ernest Huge le ha nombrado su asesor económico.

Tras agradecerle a Charlie su ayuda, me dirigí a mi casa. Por suerte pude llegar a tiempo para el almuerzo. Aunque en realidad no comí nada porque mi padrastro había recibido una queja del profesor de Ciencias Naturales por el dibujo que había hecho y, como castigo, me dejó sin comer.

Decidí ir a buscar a mi hermana, a la que últimamente tenía un poco abandonada. Aquel día Neverland me acompañó. Sin embargo, yo seguía ausente; no podía dejar de pensar en la casa fantasmagórica, en el hombre salvaje y en todo lo que había visto. Rosalie se enojó conmigo porque todavía no había preparado el susto para Lisa Moon.

—No he encontrado uno lo suficientemente fuerte para asustarla —me disculpé—. Lo siento, llevo unos días muy liado.

—Desde que conoces a Dupin, yo no existo para ti —me interrumpió.

Me dolió su voz llorosa. No soportaba verla triste.

—¡Sabes que eso no es verdad! Tú siempre serás mi hermana favorita.

—¡Claro, porque no tienes otra hermana! —porfió Rosalie.

Me acerqué a ella con intención de abrazarla, pero se separó de mí.

—Es que no puedo más, no soporto a Lisa Moon. ¿Sabes qué nos hizo ayer? No nos dejó dormir. Nos pasamos toda la noche de pie. ¿Y sabes por qué?

Yo negué con la cabeza.

—Porque tenía jaqueca y dijo que era porque habíamos hecho mucho ruido.

Escruté a mi hermana consciente de que tenía que ayudarla. ¿Pero cómo enfrentarnos a una mujer tan corpulenta como un armario?

Justo al doblar una esquina, nos topamos con Merlin, el porteador de serpientes que habíamos conocido en el puerto.

—Qué casualidad encontrarte —le dije yo dándole un apretón de manos.

—Sí, qué casualidad encontrarte —repitió mi hermana.

Merlin iba acompañado por su burro con el cesto colgado de su lomo.

—¿Llevas las serpientes ahí dentro? —preguntó Rosalie algo asustada.

—Sí —respondió—. ¿Quieres verlas?

Rosalie se alejó 3 pasos. Merlin y yo nos reímos.

—La mayoría de la gente se muere del susto cuando ve una serpiente. Piensan que todas son venenosas, y no es así.

Merlin agarró por el cuello una de las serpientes del cesto y me la acercó. A pesar de que afirmase que les habían extraído el veneno, yo también me aparté de ella. ¡Era inmensa! Rosalie se desternilló.

—A ti también te dan miedo, ¿eh?

Por fin la agarré para demostrarle a mi hermana que no era un cobarde. Eso sí, con mucha aprensión. Me fijé en su piel. Era hermosa. La acaricié. Y mientras lo hacía, no pude evitar esbozar una gran sonrisa. Acababa de tener una idea. Ya sabía qué susto le podíamos dar a Lisa Moon. Un susto tan enorme que haría que quisiera irse a la otra punta del mundo. Un susto con serpientes.

Rosalie se animó a acariciar la serpiente conmigo.

—A mí me dan miedo, pero la verdad es que me parecen muy bonitas —se quedó pensativa unos instantes—. ¿Qué te puede pasar si te pica una venenosa?

Merlin negó con la cabeza.

—El veneno de algunas es letal. El de una serpiente como esta puede matar a una persona en pocas horas.

Mi hermana y yo escuchamos horrorizados los pormenores que nos contó.

—Primero provoca unas manchas en la piel. El lugar de la picadura se hincha y se pone morado. Luego, el veneno ataca los tejidos y la circulación. Te va paralizando... Hasta que el corazón deja de latir.

De repente, al oír hablar a Merlin de los venenos de las serpientes, recordé que Bernard Miles tenía un color azulado, en especial sus labios. También recordé haber visto en el despacho de Dupin diferentes frascos con los venenos más mortíferos. Uno de ellos, el cianuro, provocaba que partes del cuerpo se volvieran azuladas. En la mansión fantasmagórica, había diferentes productos químicos y frascos de cristal, probetas y pipetas. ¿Y si Michael Carter había estado preparando venenos? Uno de los frascos era azul. ¿Sería cianuro? Y no solo eso. En la página del *Boston News*, decía que su familia había sido propietaria de una fábrica de productos farmacéuticos. Sin duda, el asesor era capaz de preparar una pócima para envenenar a Bernard Miles.

No lo dudé: debía volver a la mansión fantasmagórica del barrio de las Tres Plantas y comprobar si el frasco azul que había visto era cianuro, como yo pensaba. Tendría que llevármelo para que sirviera de prueba contra Carter. Pero la pregunta seguía siendo: ¿por qué?

Acompañé a Rosalie a su casa y me dirigí a la Jefatura de Policía. Pensé que Kevin podría acompañarme otra vez, pero al llegar uno de los agentes me dijo que se había ido a casa.

—¿Es por el resfriado? —pregunté.

El agente asintió al tiempo que él también estornudaba. Salí de la comisaría pensando que todos tenían una salud muy quebradiza. Yo nunca me resfriaba. Oí un graznido sobre mí. Era Neverland y le grité que me acompañara. Al menos le tenía a él.

Sabía que si andaba a paso rápido no tardaría más de una hora en llegar al barrio de las Tres Plantas. Intuía que ahí daría con alguna pista importante sobre la muerte de Miles. Tenía que encontrar el veneno antes de que Carter lo hiciese desaparecer. También quería saber quiénes eran esos hombres que había visto ahí.

Llegué a la casa tras recorrer 11.456 pasos. Me acerqué sigilosamente a la casa. En la sala solo estaban los pájaros. Como era de esperar, la puerta estaba cerrada, así que entré por una ventana tras romper el cristal con una piedra. Tras comprobar que no había nadie en su interior, metí la mano y, a continuación, abrí el cerrojo. Solo pisar el suelo de madera, hice un pequeño círculo con mis pies, ya que era la primera vez que estaba en esa casa. Después miré hacia arriba. Los cuervos y otros pájaros que seguían ahí congregados me miraban de reojo. Pude oír cómo Neverland les graznaba. Ninguna de las aves parecía tener la intención de acercarse a mí o atacarme. Neverland, por si acaso, se situó cerca de mí para avisarlas de que estaba ahí para protegerme. Comprendí que me ayudaría a controlar a sus compañeros de especie. Y vaya si lo consiguió; todos se quedaron quietos, como esperando órdenes. Lo primero de todo, me dirigí a la zona donde estaban las mesas con frascos. En el interior de uno de los frascos más pequeños vi un polvo; alguien había arrancado la etiqueta, pero solo una parte. Podía leerse el final de la palabra: *uro*. Como *cianuro*. De pronto, se abrió una puerta que comunicaba con las habitaciones y apareció el hombre de aspecto salvaje. De nuevo se había quitado toda la ropa a excepción de los pantalones. El hombre salvaje o el monstruo se acercaba a mí. ¡Balbuceaba palabras que no conseguía entender! Retrocedí unos pasos al tiempo que pensé que le podría asustar con mi arma secreta. La saqué del bolsillo de mi pantalón. Se trataba de mi ojo de muerto que guardaba en formol y que tantas veces me había ayudado a asustar a gente. Pero el monstruo, al verlo, comenzó a reírse y no solo eso: se relamió. ¡Creo que quería comerse el ojo! A continuación, su mirada se dirigió al bisturí que estaba sobre la mesa. Se acercó con 4 pasos a la zona donde estaba el instrumental. Asió el bisturí. Yo estaba convencido de que iba a clavármelo. Neverland intentó arrebatárselo con el pico, pero era demasiado pesado para él. Cuando estaba a punto de hundirlo en mi pecho, vi a Michael Carter. Se dirigió al monstruo y le mandó sentarse. Pero lo que más me sorprendió fue la delicadeza con la que lo trataba.

—Mira los pájaros —dijo, y le dio un beso en la frente.

A continuación, le ató con unas cadena las manos.

Yo no comprendía nada. El hombre salvaje empezó a reírse mientras señalaba uno de los murciélagos. Alargó su brazo como para querer alcanzarlo.

Carter me dirigió sus ojos llenos de odio.

—A ti te conozco. ¿Tú eres el ayudante de Dupin, verdad?

Yo tragué saliva.

—¿Por qué has venido hasta aquí? —preguntó.

—Usted envenenó a Bernard Miles —lo acusé.

—Vaya, no me dejas alternativa. Ahora tendré que matarte.

Me obligó a sentarme en una silla, a pocos metros del hombre salvaje, y me rodeó los brazos con una cuerda.

—Antes voy a acostar a mi hermano.

Yo me quedé perplejo. ¿El monstruo era su hermano? Vi cómo Michael Carter lo ayudaba a levantarse y, de nuevo, lo trataba con delicadeza.

—Tienes que irte a dormir —le susurró.

Los dos se perdieron por el pasillo. El hombre salvaje bostezando. Aproveché ese rato para avisar a Neverland. Le pedí que se acercara a mí e intentara rasgar la cuerda. Se situó sobre la ligadura y, con su pico, intentó deshilacharla una y otra vez, pero no fue lo suficientemente rápido.

Carter regresó y Neverland se ocultó entre los otros cuervos.

—No puedo permitir que nadie sepa de la existencia de mi hermano, mi único hermano.

Sacó un enorme cuchillo de un cajón. Noté que mis ojos estaban llorosos. Sin duda porque estaba convencido de que iba a morir.

CAPÍTULO

ADIÓS, MUNDO CRUEL

Michael Carter se acercaba inevitablemente hacia mí. En su mano derecha asía el cuchillo de cocina. Me faltaba el aire, convencido de que estaba viviendo los últimos instantes de mi vida.

—Adiós, mundo cruel —masculle.

Intenté pensar en mi madre, pero me producía una pena inmensa dejar a mis hermanos abandonados. ¿Qué sería de Rosalie si yo moría? Oí a Neverland graznando furioso. ¿Pero qué podía hacer el pobre para salvarme? Por desgracia, nada. Las otras aves también empezaron a protestar moviendo sus alas al mismo tiempo, como si tampoco estuvieran de acuerdo con lo que estaba a punto de sucederme. Carter ya levantaba el cuchillo cuando...

Como una exhalación, Neverland voló hacia donde yo estaba e intentó clavar su pico en el cuello de Carter. El asesor, tras soltar un alarido, consiguió dar un manotazo al pobre Neverland, que se desequilibró en el aire y cayó violentamente al suelo. Yo grité su nombre temiendo que hubiera muerto por el brutal impacto. Michael Carter se puso más furioso aún por la herida que le había causado Neverland.

—Despídete de este mundo —proclamó riéndose.

Alzó de nuevo su cuchillo y, cuando estaba a punto de clavármelo, tuvo lugar otro hecho extraordinario. Todos los pájaros ahí congregados se dirigieron sobre Michael Carter, como si se tratara de un ejército. Lo cosieron a picotazos que le provocaron importantes heridas en el cuerpo y en la cara. El asesor no pudo hacer nada para defenderse, cayó al suelo berreando de dolor. Yo miré a todos esos pájaros emocionado. Me habían salvado la vida.

—Gracias, gracias, gracias a todos —les dije convencido de que me estaban entendiendo.

A continuación, las aves se pusieron a dar picotazos contra la cuerda. Entre todas consiguieron deshilacharla y romperla. Así yo quedé liberado. Lo primero que hice fue recoger a Neverland, que estaba tendido en el suelo. Le acaricié su pequeña cabeza. Lloré porque pensaba que Carter lo había matado, pero entonces vi cómo abría los ojos. ¡Estaba vivo! Finalmente, todo quedaba reducido a un fuerte golpe en la cabeza.

Antes de salir de la casa, abrí las ventanas de par en par para que todas las aves pudieran salir. Después, tomé un trozo de cuerda y rodeé los brazos de Michael Carter para que no pudiese escapar cuando se despertase.

Metí a Neverland en una caja descubierta de madera, lo tapé con un trapo de algodón que encontré en la mesa de instrumental y me dirigí a la Jefatura de Policía.

Llegué 1 hora y 35 minutos después. El inspector Dupin acababa de llegar. Continuaba resfriado, pero, según me dijo, ya no aguantaba más tiempo en la cama sin hacer nada. Emocionado, le conté todo lo que había sucedido. El inspector me escuchó perplejo e impresionado por el valor que yo había mostrado.

—Quien debería llevarse el mérito es Neverland —añadí.

Se acercó a mi mascota y le acarició la cabeza dulcemente.

—Una vez me dijiste que le gustaban mucho las avellanas, ¿verdad? —me preguntó.

Y el gran Auguste Dupin ordenó que trajeran a Neverland un plato con esos frutos secos. Le trajeron 24 avellanas. ¡Eso sí que fue una medicina! Solo verlas, movió la cabeza y quiso incorporarse para comerlas mejor.

Un coche de la policía con seis agentes fue a la casa del barrio de las Tres Plantas, donde encontraron a Michael Carter todavía inconsciente. Lo trasladaron a un hospital para curarle las heridas que las aves le habían provocado. Al hombre salvaje lo trasladaron al ala de Psiquiatría del Hospital Santa Marta. Los médicos que lo examinaron dictaminaron enseguida que no era un salvaje, sino un pobre enfermo mental.

Al llegar a mi casa y, a escondidas de mi familia, llevé a Neverland a mi habitación. Estaba más recuperado, pero todavía se encontraba débil. Puse su caja debajo de mi cama para que no fuera descubierto y lo tapé con una de mis camisas negras para que no pasara frío. Cuando regresé de la cena, llevaba en mi bolsillo otras 15 avellanas que había encontrado en la cocina. Sin embargo, Neverland ya no estaba en la caja. En el fondo, me alegré. Eso significaba que se encontraba bien y, por ello, había salido por la ventana.

Regresé al día siguiente a la central para asistir al interrogatorio de Michael Carter. Todos me felicitaron por lo que había hecho y también por no haberme resfriado a pesar de haber estado en contacto con muchos policías que sí lo habían estado. Hasta

Kevin, que todavía no estaba recuperado del todo, decidió acercarse para darme la enhorabuena.

El asesor apareció en la sala de interrogatorios con el rostro demacrado. Tenía heridas por todo el cuerpo y llevaba los brazos vendados, así como parte de la cabeza. Lo primero que pidió fue saber dónde estaba su hermano.

—Por favor, trátenlo bien, es muy sensible —dijo Michael Carter.

El inspector le contó que tramitarían su traslado a un centro de salud especializado en ese tipo de enfermos con trastornos mentales.

—¿Quién pagará su estancia en ese hospital? —preguntó angustiado—. Yo tengo algunos ahorros en el banco. Por favor, que todo sea para él, para pagar sus gastos.

Michael Carter estaba muy alterado hablando de su hermano.

—Si cuidan de él y me dejan verlo, juro que confesaré todo lo que quiera saber, señor Dupin —habló con la voz llorosa.

Dupin le dio su palabra de que así lo intentaría, pero que no podía prometer nada. Viendo que no tenía otra alternativa, el asesor empezó hablando de sus problemas económicos.

—Cada vez necesitaba más dinero para mantener a mi hermano. Requiere la atención constante de varios cuidadores y los medicamentos son muy costosos. Por ello decidí apropiarme de dinero público.

Carter se emocionaba cuando hablaba de su hermano.

—Fue un niño normal hasta los 8 años. Entonces, sufrió un accidente. Se peleó con un compañero de clase y, durante el forcejo, mi hermano cayó por un barranco, en un lugar donde había una alambrada. Por culpa de las púas, quedó destrozado, repleto de cortes profundos. Tuvieron que coserlo por todo el cuerpo. Pero eso no fue lo peor, sino el golpe en el cráneo. Sobrevivió de milagro tras dos meses inconsciente. Todos pensábamos que iba a morir cuando, de repente, despertó. Eso sí, apenas podía balbucear sonidos y se asustaba e irritaba con todo. Lo único que le transmitía paz eran los pájaros. Le encanta mirarlos y por eso yo siempre intento que tenga algunos cerca. Su mente es como la de un niño. Sin embargo, de vez en cuando puede ser muy agresivo y peligroso.

Michael tomó aire para continuar con su relato.

—Juré a mi padre y después a mi madre, justo antes de que fallecieran, que cuidaría a mi hermano. Ellos murieron arruinados por culpa de esta desgracia. Tras liquidar el negocio familiar que había quedado sin rumbo, decidí alquilar una casa aislada. No quería que nadie supiera de su existencia para no perjudicar mi incipiente carrera política. Además,

ya había matado accidentalmente a una cuidadora arrojándola por una ventana. En aquel caso, conseguí que no se abriera una investigación, pero era un riesgo que no podía permitirme.

Nos quedamos en silencio. La voz de Carter se había llenado de dolor.

—Mi hermano tiene que estar las 24 horas vigilado por dos o tres personas. Una de ellas lleva una pistola, por si es necesario asustarlo. Curiosamente, tiene pavor a las armas de fuego. Sus ataques de furia se acentúan cuando sufre unos terribles dolores de cabeza que solo pueden combatirse con una medicación especial.

Tras beber un sorbo de su vaso de agua, prosiguió:

—Patrick Neue, el asesor de asuntos ciudadanos, me descubrió un día robando dinero público de la caja fuerte. Me amenazó con decírselo al gobernador Ernest Huge si no devolvía el dinero. Yo le pedí un poco de tiempo, pero sabía que mi única escapatoria era quitarme de encima a Patrick Neue. El problema era cómo. Sin embargo, se presentó una ocasión única durante la cacería en los Montes Apalaches a la que acudimos invitados por el gobernador.

El gobernador nos había hablado de esa cacería que había marcado su vida. Carter ahora nos daba su versión de los hechos y era muy diferente.

—Hubo un momento en que todos nos separamos para acorralar al oso que habíamos visto. Pa-

trick Neue estaba escondido tras un árbol, a poca distancia del oso. El gobernador se encontraba a unos metros de los dos. Fue entonces cuando tuve la idea. Rápidamente, decidí disparar contra Patrick Neue, justo antes de que lo hiciera el gobernador. El oso salió despavorido y Patrick cayó al suelo. Por supuesto el gobernador creyó que había sido él quien había abatido a Patrick Neue. Y si tenía alguna duda, yo se la acabé de disipar. Le dije, con total convencimiento, que había matado a Patrick Neue.

Dupin y yo nos miramos incrédulos. ¡El verdadero asesino de Neue había sido Carter!

—A partir de ese momento, descubrí que además de desviar dinero público hacia mi propio beneficio, podría hacer chantaje al gobernador —Carter sonrió amargamente—. Pensé que para él, poseedor de una de las fortunas más grandes del país, no sería nada. Estaba muy deprimido por la muerte de Patrick Neue y un día lo pillé escribiendo una carta dirigida a su viuda en que le pedía perdón por haber matado accidentalmente a su esposo. Por suerte yo vi esa carta y se la arrebaté. Le dije que la rompería, pero finalmente decidí que me serviría para hacerle chantaje.

Michael Carter también confesó que, cuando supo que Dupin iba a ayudar a Ernest Huge, al principio quiso apartarlo del caso. Primero intentó que descarrilara el caballo del carruaje de la policía, dándole terrones de azúcar con una especia muy picante, el día en que fuimos a ver al gobernador. Y como supo de mi intromisión, también yo me convertí en blanco de sus ataques: de ahí que una maceta cayera desde uno de los edificios por donde solíamos pasar mi hermana y yo camino de la escuela. Igual que el caballo que estuvo a punto de arrollar al inspector.

De repente soltó una amarga carcajada.

—Al principio, estaba muy contrariado de que el famoso Dupin metiera sus narices en mis asuntos —se dirigió al inspector—, pero admito que me gustó enfrentarme a usted. La verdad es que pensaba que no encontrarían la carta.

—Pues se equivocaba —le replicó el inspector—, ya ve que no es tan listo como pensaba.

Hicimos una pausa en la que el inspector y yo apenas hablamos. Estábamos conmocionados con todo lo que nos estaba contando.

—Bernard Miles no me daba ningún miedo. Sabía que, como jefe de seguridad del gobernador, intentaría quitarme la carta que me servía para el chantaje. Pero era un hombre sin imaginación. Sin embargo, sí era minucioso y, supongo que por culpa de su entrada en el caso, señor Dupin, volvió a revisar mis papeles y por fin dio con algo que no se esperaba: pruebas de que había desfalcado dinero del estado. Se encaró a mí. Yo le prometí que lo devolvería todo, pero que me dejara explicarme. Le aseguré que me tenía en sus manos y lo invité a cenar. Fue entonces cuando le puse cianuro en la sopa. Murió horas después.

A partir de ese momento, su relato perdió interés para mí, porque conocía bien lo ocurrido: mis sospechas en la funeraria, el descubrimiento de la casa donde tenía a su hermano, su intento de matarme y finalmente su captura.

Salí de la comisaría a toda prisa porque ese era el día elegido para darle el susto a Lisa Moon y no quería perdérmelo por nada del mundo. Para ello contábamos con la ayuda de Merlin.

En la casa de los padrastros de Rosalie había un pequeño patio al aire libre que además servía de secadero y lavadero. Estaba rodeado por un muro, lo que facilitaría que las serpientes no se escapasen.

SUSTO Número 28:
EL SUSTO MÁS HORRIPILANTE DEL MUNDO

Se necesitan
- Serpientes no venenosas (cuantas más, mejor)
- Una estancia cerrada

Recomendaciones
- No utilizar este susto con personas que tengan problemas de corazón. ¡Podría ser fatal!
- No utilizar este susto con niños pequeños.
- Asegurarse de que las serpientes NO sean venenosas.
- No olvidar recoger las serpientes una vez que se haya realizado el susto.

Modo de preparación
1) Buscar dónde esconder las serpientes: propongo el cubo de la colada.

2) Colocar las serpientes, taparlas con la ropa lavada y pendiente de tender hasta que llegue la víctima del susto.

3) Recoger todas las serpientes una vez que ha huido la víctima.

Reconozco que en nuestro caso fue Merlin quien había colocado las serpientes en el cesto de la ropa. Luego, esperamos escondidos hasta que Lisa Moon salió a tender. Palpó una blusa y fue entonces cuando su mano acarició una superficie húmeda que le resultó muy extraña. Se detuvo unos instantes hasta que de nuevo notó que algo húmedo estaba debajo de la ropa. Se volvió en dirección al cesto, removió la ropa y descubrió el montón de serpientes enroscadas.

El grito que emitió Lisa Moon fue tan descomunal que pudo oírse en todo el barrio de las Bellas Artes de Boston. Y su eco perduró mientras salía corriendo por la puerta que comunicaba con la casa hasta encerrarse en su habitación.

Nos despedimos de Merlin agradeciéndole su colaboración. Le di un gran abrazo y le dije que había pensado repetir *El susto más horripilante del mundo* para gastarle una broma a mi hermanastro. Mi idea era introducir las serpientes dentro de su cama. Lamentablemente, Merlin nos dio la noticia entonces:

—Me temo que no podré ayudarte. Mañana dejamos nuestra casa en Boston.

Se iba a vivir con sus padres a Nueva York, donde su padre había encontrado trabajo.

CAPÍTULO 14

LA FIESTA DEL GOBERNADOR

El gobernador quiso premiar a Dupin por haber logrado desenmascarar a Michael Carter. Sin embargo, el inspector se empeñaba en darme a mí todo el mérito. Así que Huge organizó una fiesta en su mansión para los dos, en nuestro honor. Estaba encantado no solo por haberse liberado del chantaje de Carter, sino que lo más importante para él era haberse quitado de encima el peso de ser el asesino de Patrick Neue. Por su parte, Rosalie también estaba feliz con tantos manjares de todo tipo. Se puso las botas y vi cómo algunos canapés iban a parar a sus bolsillos.

—Al menos podrías disimular un poco —le reproché—. Pareces una muerta de hambre.

—¡Es que tengo hambre atrasada! Además, lo de esconder la comida lo he aprendido de ti —dijo riendo.

Rosalie estaba feliz porque el mismo día en que le organizamos el susto, Lisa Moon había hecho las maletas y se había despedido sin decirle nada a nadie. En su casa ya habían contratado a una nueva niñera, que les daba raciones generosas y los cuidaba bien. Kevin también estaba disfrutando de lo lindo sobre todo con los postres. ¡Hasta había una fuente de chocolate! Comió tanto que acabó con un inmenso bigote de chocolate.

—Es uno de los mejores días de mi vida —declaró.

Amalia, la pantera negra, estuvo gran parte del tiempo en la fiesta causando la admiración de los invitados, y me seguía a mí a todas partes. El gobernador tenía razón. Desde el primer momento se había encariñado de mí.

Al final de la fiesta, el gobernador tomó la palabra para garantizar que las finanzas del estado estaban en buenas manos y que se había repuesto lo sustraído. Asimismo, iba a destinar una suma importante a la viuda de Patrick Neue y a la viuda de Bernard Miles, además de las pensiones que ya recibían.

Los invitados aplaudieron. Después, Huge se dirigió al inspector y a mí para felicitarnos por haber descubierto el caso de desfalco y los asesinatos.

—Y como muestra de mi agradecimiento, quiero daros también una recompensa económica.

Yo escuché esas palabras emocionado y agradecido. Ya que no había encontrado el dinero que me había robado mi hermanastro, al menos ahora recibiría una buena suma de dinero. El gobernador tenía fama de ser muy generoso. Rosalie sabía que ese dinero lo destinaría a buscar a nuestro padre, así que apretó mi mano ilusionada. Lo que no esperábamos es lo que sucedió instantes después.

Dupin se dirigió al estrado donde estaba Ernest Huge.

—Te agradezco tanta generosidad, queridísimo gobernador, pero sabes que tanto mi joven amigo Poe como yo hemos colaborado contigo en este caso por amistad y por el bien de esta ciudad. No creo que la recompensa deba ser para nosotros.

A medida que iba hablando, yo me iba preocupando. ¿Adónde quería llegar? ¿Qué quería hacer con nuestro dinero? Continué escuchándolo cada vez más sorprendido.

—En todo este asunto hay otra víctima, un pobre enfermo cuya mente se asemeja más a la de un niño que a la de un adulto y que requiere ser tratado.

Entendí que se refería al hermano de Carter, el hombre salvaje. Tras una pausa proclamó:

—Así que propongo que la recompensa se destine al hospital de salud mental adonde va a ir ingresado.

—¿Queeeeé? —masculló.

—¿Queeeeé? —me imitó Rosalie.

Todos aplaudieron vigorosamente agradecidos por el gesto que Dupin había hecho también en mi nombre.

145

—¿Estás de acuerdo, verdad, apreciado Edgar? —se dirigió a mí por fin el inspector.

Yo no sabía qué hacer. Todo el mundo me miraba.

—Por supuesto —fueron las palabras que salieron de mi boca sin que me diera cuenta.

Entonces el gobernador se acercó a mí y me abrazó orgulloso.

—Sí, que el dinero sea para ese pobre enfermo —me vi obligado a decir.

Mi hermana me miró atónita. No tendríamos dinero suficiente para viajar en busca de nuestro verdadero padre. Y encima, mi boca se abrió sin poder evitarlo, noté un cosquilleo en la nariz y estornudé estrepitosamente. ¡Me había resfriado!

CAPÍTULO 15

LA SORPRESA FINAL

La vida continuaba y yo tenía que seguir cumpliendo mi castigo en la funeraria. Ni siquiera me libraba por estar resfriado. Así que me dirigí allí tras las clases. Ese día había llegado el cadáver de uno de los hombres más gordos que he visto en mi vida. Rudy Gigant estaba acabando de prepararlo y me pidió ayuda para meterlo dentro del ataúd. Él lo sujetó por la cabeza y yo por los pies. ¡Por mis muertos, nunca había soportado un peso tan grande! El finado era tan voluminoso que apenas cabía en el interior de la caja. Tuvimos que empujarlo hacia abajo con todas nuestras fuerzas, pero aun así no entraba. Rudy Gigant incluso decidió sentarse sobre su barriga para hacer más presión. Al apretarle el abdomen, consiguió remover sus entrañas y que saliera de su cuerpo un sonoro y pestilente pedo.

El ruido que produjo el muerto fue bestial, como si una bomba hubiera explotado en nuestras narices, pero después, al comprobar que solo era una ventosidad, casi nos morimos de la risa. Seguimos empujándolo, pero no había manera.

—Lo que más rabia me da es que no cabe por unos milímetros.

Entonces, Rudy Gigant se detuvo pensativo. Acababa de tener una idea: quitar el grueso forro de terciopelo del ataúd elegido. De esta forma ganaría unas pulgadas para poder colocar al muerto.

Para ello, tuvimos que volver a poner el cadáver sobre la mesa. Tras ello, ayudé a Rudy Gigant a quitar el forro de terciopelo, perfectamente encajado en el ataúd. Al extraerlo, dejaba ver el fondo de madera de la caja. Y entonces, de repente, al escrutar bajo el forro, adiviné dónde podía estar el dinero que me había robado Robert Allan. Sonreí.

Recordé que, últimamente, mi hermanastro se empeñaba en ofrecerme el cesto de mimbre donde su madre colocaba sus deliciosas galletas de mantequilla. Esa amabilidad por parte de mi hermanastro era realmente sospechosa. Y no solo eso. Después de ofrecérmelas, siempre se reía. Ahora empezaba a comprenderlo. Si me ponía en el lugar de Robert Allan, todavía era más evidente lo que yo acababa de deducir. El escondite demostraba toda su mezquindad. La cesta de mimbre estaba forrada con una tela de algodón blanca. En cierta forma era la misma estructura que el ataúd: una caja forrada con una tela o terciopelo. Entre la cesta y el forro había un espacio.

Tras cumplir el castigo en la funeraria, fui corriendo hacia mi casa. Me dirigí directamente a la cocina. Estaba muy excitado. Busqué la cesta de mimbre de las galletas y extraje las 7 galletas que estaban en su interior. Examiné el forro de algodón blanco. En la parte superior estaba cosido con un hilo blanco. Agarré unas tijeras y corté el pespunte hasta conseguir separar todo el forro. Y entonces hallé mi tesoro particular. Mi hermanastro había escondido una bolsita de seda con mi dinero en el fondo del recipiente. La cesta era un lugar tan a la vista que difícilmente se me hubiera ocurrido buscarlo ahí; algo parecido a lo que había sucedido con la carta robada. Saqué rápidamente el saquito de seda. A bulto me pareció que ahí estaba todo mi dinero. Para celebrar mi descubrimiento, devoré las 7 galletas de mantequilla, una tras otra. Como siempre, estaban riquísimas.

Ya en mi cuarto, pensé en mi hermanastro. Mi venganza debería ser terrible. Él podía ser malvado y retorcido, pero yo lo ganaría en ingenio y humor. De hecho, ya había dado un paso cuando preparé el

susto para Lisa Moon. Le había pedido a mi hermana Rosalie que colocara en el bolso de la niñera un sobre con una nota que dijera: «El autor de la broma de las serpientes se llama Robert Allan y estudia en el College Sant Moritz de Boston». Seguro que el Armario iría en breve a hacerle una visita a mi hermanastro...

Después me acordé de Merlin y sus serpientes. Qué pena que hubiera abandonado la ciudad. Me hubiera encantado meter unas serpientes en su cama. Y de repente, tuve una idea mejor. Recordé la fobia que tiene Robert Allan a los gatos. Y su terror a los gatos negros... ¿Y si le pedía al gobernador su pantera negra para dar un susto a Robert Allan? El gobernador se había ofrecido a ayudarme en cualquier cosa que necesitase. Esperaría a que mi hermanastro se durmiese y entonces le metería al felino en su alcoba. Solo imaginarme la cara de Robert Allan al despertarse y ver a la pantera, me eché a reír.

Pero si queréis saber si me atreví a gastarle esa broma a Robert Allan, tendréis que esperar a mi próxima novela.